i

为了人与书的相遇

Michio
Hoshino

森林、冰河与鲸

［日］星野道夫 著

曹逸冰 译

广西师范大学出版社

·桂林·

目 录

渡鸦氏族的后裔

切记，大气与它孕育的所有生命共享同一份灵魂。为我们的祖辈
带去第一次呼吸的风，也收下了他们的最后一缕叹息。

—

西雅图的酋长

特里吉特族的酋长戴的渡鸦帽 ｜ 19 世纪中期的文物
（阿拉斯加州立博物馆藏品）

在静谧统治的海湾，鲸鱼呼出的气渐渐与森林同化。

遥想那个 4 月的午后，我邂逅了一位不可思议的印第安人。那是个大晴天，在那片多雨的土地实属罕见。直到现在，我还是会不由自主地琢磨，那到底是个巧合，还是冥冥之中早有安排。

　　当时我满脑子都是渡鸦。他一张嘴，竟对素未谋面的我说出了那句话。为什么会这样？为了追寻渡鸦的神话，我正要踏上前路未卜的旅程。而我与他的邂逅，就发生在为期一年的漫长旅行的第一天。

　　那天，我来到阿拉斯加东南部的港口城市锡特卡（Sitka），拜访作家理查德·纳尔逊（Richard Nelson）。他也是我十分敬爱的朋友。他日若有机会，我一定要跟大家讲述他的故事。我一直觉得，他的自然观与我的理念有不少相通之处。他的著作以阿拉斯加原住民的世界为主题，换句话说，就是狩猎民族所特有的"自然与人类的关联"。

　　抵达锡特卡后，我坐上理查德的车，穿过

小城街头。这座城是那么小，有个五分钟大概就能走穿了。但它其实是一座历史悠久的古都，在1804年之后的整整63年时间里，它始终扮演着"俄属北美首府"的角色[1]，盛极一时。在当年的北美西海岸地区，锡特卡也是最早开放的港口城市，被誉为"太平洋的巴黎"。虽然繁华已成往昔，但它周围仍有环抱冰川的群山、深邃的森林与不计其数的小岛，烟雨缭绕，美得如梦似幻。而且，这里也是构筑起图腾柱（totem pole）文化的印第安人、特里吉特族（Tlingit）和海达族（Haida）的世界。

理查德兴许是在行人中发现了熟悉的身影，思索片刻后，他对我说：

"道夫，我介绍个有趣的家伙给你认识吧？"

他的灵光一闪，叫如今的我感激不尽。"有趣"这两个字背后，仿佛还藏着几分敬意。

于是我们掉头往城里开，却见那人正要拐过

街角，他的步态有些滑稽，摇摇晃晃的，就跟醉汉似的，却也有种身在人世、心在别处的感觉。

"鲍勃！"

理查德喊了他一声，可他好像没听见。我们一路小跑，走到他跟前，他才停下脚步。

"鲍勃，好久不见啦，最近怎么样啊？哎，我想介绍个朋友给你认识……"

印第安人鲍勃却面不改色，一边盯着我的脸，一边说道：

"我昨天在墓园找到了渡鸦的窝呢……"

我与鲍勃·山姆就是这样相识的。

我一时无法相信自己的耳朵，同他交换过几句老套的寒暄后，才战战兢兢地问道：

"能带我去看看渡鸦的窝吗？"

他继续盯着我，思考片刻后幽幽道：

"哦，行啊。明天就在这儿见吧。"

不可思议的是，我竟从一个连微笑都不给的陌生男人身上感受到了温暖。就在这时，鲍勃再次迈开步子，仿佛他的前方有某种肉眼看不见的目标。摸黑前行一般的旅途，忽然多了一缕光亮。

渡鸦的神话……我对它的兴趣是从什么时候开始的呢？特里吉特族和海达族就不用说了，连阿萨巴斯卡印第安人（Athabascan Indians）和爱斯基摩人*都有渡鸦神话。为什么渡鸦成了这些民族的创世神话的主人公？为这个世界带来光明，还塑造了人类的渡鸦，在他们心里究竟占据着怎样的地位？长久以来，我百思不得其解。说白了，就是我想了解人们当年是用怎样的眼睛看世界的。

在我深入阿拉斯加东南部的这几年里，这个

---

* Eskimo，是因纽特人（Inuit）的别称，由印第安人所起。但因纽特人才是自称，并被普遍接受。中译本尊重作者星野道夫的原作表述，但在书中首次出现爱斯基摩人处，加注因纽特人作为说明。——编辑注

念头愈发强烈了。这片土地与加拿大的不列颠哥伦比亚（British Columbia）相连，有着被原生林和冰川覆盖的幽邃自然。从日本流经阿留申群岛（Aleutian Islands），在海中划出一道弧线的黑潮[2]将湿润的大气盖在这条海岸山脉上，造就了丰沛的雨雪。点缀着无数小岛的海岸线是如此丰饶，每逢夏天，便会有大量的座头鲸回来觅食。但我之所以被阿拉斯加东南部的自然牢牢吸引，并不是因为它的美，而是因为我感觉到了蕴藏在这片土地中的，来自远古时代的气息。那正是生活在渡鸦神话时代的古人的视线。

尤其是几年前去过夏洛特皇后群岛（Queen Charlotte Islands）之后，我就更加难以克制了。因为我在那里邂逅了腐朽的图腾柱，诞生于神话时代的图腾柱。在僻静的小海湾，布满苔藓的图腾柱静静沉睡。存放在博物馆里的图腾柱是很漂亮，却丧失了魔力，可我看到的图腾柱不然。人迹明明已经消失了 100 多年，我却在那个地方感受到了灵力。因为人与周围的风景密切相连，而生活环境会对神话产生巨大的影响。

我想带着一双和生活在神话时代的人一样的眼睛，畅游这个被深邃的森林与冰川覆盖，一如远古的世界。既然渡鸦是这个世界的造物主，那我也想与它的神话世界亲密接触。还是说，我的心已经被现代文明的牢固皮膜紧紧裹住，无法实现这个愿望了呢？

第二天，鲍勃并没有如约现身。我想起了理查德的叮嘱：

"我也不敢保证他一定会来。他倒不是故意要爽约，怎么说呢，他好像活在跟我们不一样的时间里，难免会忘记跟人约好的事情。这座城市是很小，可你真要找鲍勃，还不一定能找到呢。我真是好久没见到他了，昨天是好不容易才在路边逮到他的。这家伙就跟幽灵似的，神出鬼没啊。"

不过当天傍晚，我总算联系上了鲍勃，再次和他约在街角碰头。我心想，这下总不会再有问题了吧。等着等着，我回忆起了鲍勃的身世，理查德之前跟我提起过的。

鲍勃就出生在锡特卡。他跟众多阿拉斯加原住民出身的年轻人一样，在新时代流离失所，终日买醉，辗转于阿拉斯加各地。但是在大约十年前，他回到了这座小城，自发打扫起了位于郊外森林中的俄国人墓园。古老的墓园早已无人问津，漫长的岁月令它荒废得旧影全无，连个下脚的地方都没有。鲍勃一个人埋头苦干了整整十年，又是除草又是砍树。不知不觉中，他开始和远古时代的祖先交流，内心的伤痛也慢慢痊愈了。原来，那座墓园是特里吉特族的神圣墓地，历史悠久，早在19世纪初俄罗斯人来到之前就已经存在了。

鲍勃如约而至。我们一起走向郊外的墓园。

无数海湾环抱座座小岛。阿拉斯加
东南部有地球上仅存的灵性自然。

发现鸟巢让鲍勃高兴坏了。渡鸦明明是一种随处可见的鸟，可我却从来没见过它们的窝，也不知道是为什么。但鲍勃找到了，而且是在特里吉特族的祖先们长眠的墓园找到的……

"鲍勃，你是哪个氏族（Clan）的呀？"

"渡鸦。"

我心想：啊……果然是这样。

因为创造了图腾柱的印第安人坚信，每个家族的始祖都是动物变的。熊、白头海雕、鲸鱼、大马哈鱼……即便是在今天，形形色色的生物仍是组成特里吉特族和海达族社会的基础元素。

刚踏进墓园，我便看见一只白头海雕冲出森林飞走了，扑扇翅膀时发出"吧哒吧哒"的响声。

"就在那儿。"

说着，鲍勃往树上一指。果然有个渡鸦窝藏在枝叶间。我们等了一会儿，可惜没见到渡鸦。

"特里吉特族的墓园有多久的历史啊？"

三只白头海雕争抢小鱼。

"……具体我也不太清楚，但至少有个1000多年吧。"

鲍勃的话不多，但他的沉默寡言没有给我丝毫的心理负担。不仅如此，我甚至觉得分外平静，仿佛心绪都一点点变得透明了。我压根没打算采访鲍勃，可通过不经意的对话，我了解到了几件事：在这十多年里，墓园就是他的全世界。不知不觉中，他开始频频想起当过萨满巫师的爷爷……

鲍勃在找到渡鸦窝的特里吉特族墓园与祖先对话。

在遇到他之前，我也在游历阿拉斯加东南部的途中结识了不少意欲传承本族文化的特里吉特族青年。他们身着古老的民族服装，跳着传统的民族舞蹈。这些当然也很重要，但我没有在他们身上读出鲍勃所拥有的灵性特质。我逐渐被这个男人吸引住了。

　　在锡特卡这座城市，鲍勃是个不可思议的人。全城上下，没有一个人不认识他。他的衣着打扮绝对称不上整洁，被当成怪人看待也没什么好奇怪的，可我在这里认识的所有人都会微笑着告诉我：

　　"啊，你说鲍勃呀，认识认识！"

　　跟他走在一起的时候，在路边玩耍的孩子们都会主动打招呼："你好呀，鲍勃！"

　　我产生了一种难以名状的感觉。鲍勃耗费整整十年的光阴，每天独自打扫墓园，获得了精神上的慰藉；而他的存在，是不是也反过来治愈了锡特卡居民的心呢？

一天夜里，我在和鲍勃聊天的时候突然冒出了一个绝妙的点子。我打算沿着这片海一路南下，再去一趟漂浮在加拿大海面上的夏洛特皇后群岛，再去一趟那个拥有神秘力量的僻静小海湾，再看看那些见证了神话的图腾柱。我心想，要不叫上鲍勃一起去吧？

　　我强压着内心的激动，问道：

　　"鲍勃，你应该听说过夏洛特皇后群岛的吧？要不要去看看那边的老图腾柱呀？"

　　他跟平时一样凝视着我的眼睛，用平静的口吻回答：

　　"好啊，一起去吧。我早就想去那边走走了。"

　　说这话的时候，他身后正好有只渡鸦。

在日渐消失的图腾柱森林

唯一正确的智慧，居住在远离人类的伟大孤独之中，
唯有历经苦楚的人才能碰触到它。

—

驯鹿爱斯基摩人，萨满巫师

美国南部的印第安人用动物皮制作的渡鸦
（阿拉斯加州立博物馆藏品）

凝视篝火的鲍勃。摄于夏洛特皇后群岛的海滨。

也许是因为有一阵子没下雨了吧，顺水漂到岸边的木头烧得很旺，发出"噼噼啦啦"的响声，听着很舒服。夜幕在不经意间降临，林中的树木朦朦胧胧，好似剪影。白头海雕的尖锐叫声不时划破四周的寂静，海豹溅起的水声不知从何处飘来。在夜晚的黑暗中，生命变得抽象了，变得更本源了。

我们凝视着火，几乎没说几句话。一定是这些天发生的事还牢牢统治着我们的心智。而且我也不由得感叹世事的奇妙，因为我竟和一个在短短两个多月前相识于锡特卡街角的印第安人一起来到了如此遥远的地方。此时，我们正在美加国境附近的太平洋孤岛——夏洛特皇后群岛旅行，为的是一睹当地印第安人在神话时代制作的古老图腾柱。那些图腾柱正一步步走向腐朽。

在大约一万八千年前，北美大陆与欧亚大陆还是连着的。印第安人的第一批祖先穿越干透了的白令海，从北亚来到了阿拉斯加。那正是末次

在人迹消失后依然凝望大海的图腾柱。

冰期（Last Glacial Period）总算快要结束的时候。时光荏苒，他们顺着北美大陆缓缓南下，不断开拓，但其中有一部分停留在了阿拉斯加东南部的海岸线。他们就是后来构筑起图腾柱文化的特里吉特族和海达族。

渡鸦、狼、白头海雕、鲸鱼、灰熊……刻在图腾柱上的奇妙图案，诉说着他们的远古祖先与传说的记忆。然而，那并不是能世代传承的石文化，而是会在岁月中消亡的木文化。

在即将迎来 21 世纪的现代，我们还有没有可能见到安静地沉睡在森林中的古老图腾柱呢？我不要陈列在博物馆里的展品，也不要为了游客新雕的摆设。我真正想要触摸的，是神话时代的先人注入了生命的图腾柱，哪怕它倒在森林中，哪怕它已腐朽殆尽。

有人跟我讲过夏洛特皇后群岛的海达印第安人的故事：话说 19 世纪末，欧洲人带来的天花席卷了岛上的大小村落。原本有六千人的海达族因疫病失去了七成的人口。幸存者们纷纷抛弃村庄，搬去了别处。而 100 多年前的海达族村庄遗址仍在原处……我在两年前听说了这个故事，转年就造访了这座夏洛特皇后群岛。

但那次旅行是留了遗憾的，有几处村庄遗址没去成，所以我一直都想再回来看看。于是我便邀请相识不久的特里吉特印第安人鲍勃·山姆一起故地重游了。而且我也是真的想让他看一看那个神圣的地方。

不知道为什么，自打我遇见鲍勃以后，他就在我脑海中挥之不去了。我从没见过他这样的人，我在这个同龄人身上感觉到了能在数千年的岁月中自如来往的灵力。也不知道为什么，我竟在追寻渡鸦传说之旅的第一天就认识了他。

我们从阿拉斯加出发，穿越美加边境，抵达夏洛特皇后群岛。一路上，我逐渐加深了对鲍勃的了解。

"跟我年纪相仿的朋友都死得差不多了……"

在阿拉斯加面临巨大的过渡期时，一些失去容身之所的原住民年轻人堕入了酒精与毒品的世界。对鲍勃而言，那个时代真的只能用悲惨来形容。他过着醉生梦死的生活，辗转于阿拉斯加各地，后来安顿在了费尔班克斯（Fairbanks）。话说

神话时代的人们在这里生活，现代
的鹿却走出森林，彷徨于此。

1970 年，在那座城市的另一个世界里，来自不同村庄的印第安青年组成的小团体经常与警方起冲突。碰上歧视印第安人的警官，冲突就更惨烈了。不久后，稳重的鲍勃便成了小团体的核心人物。是他的聪明才智与人格魅力换来了伙伴们的敬仰。可是有一天，鲍勃被警方逮捕，受尽折磨，然后被逐出了那座城市。

他在 1980 年回到了故乡锡特卡，与自己血液中的烙印"特里吉特"相向而行。在与长老们打交道的过程中，他迎来了巨大的人生转机。

"以前和 Elder（长老）们在一起的时候，我连头都不敢抬，总觉得自己什么都没有，他们却那么有力量。但是经过漫长的旅途，回到锡特卡之后，长老们把对人的 respect（尊敬）和 forgiveness（宽恕）教给了我。从那时起，我对白人的憎恨也渐渐平复了。"

就在那时，锡特卡启动了某个施工项目——

拆除半个多世纪以来无人打理的老俄罗斯人墓园，建新住宅区。与其说那是墓园，不如说那是难以涉足的荒芜森林。但是早在18世纪俄罗斯人踏上这片土地之前，那里就已经是特里吉特族的神圣墓地了，有着数千年的历史。

眼看着墓园的一部分被推土机翻开，出土的宝贵工艺品惨遭盗窃，骸骨散落在不远处的草丛中……鲍勃每天都去墓园埋头苦干，把散落在外的骸骨一片片埋回去。没过多久，他的努力便在锡特卡引发了一场大论战，最终使得住宅建设项目停工。

鲍勃开始去残破的林中墓园打扫，仿佛他终于找到了属于自己的天职。没人让他做这些事，他也拿不到一分钱的工资。他凭借一己之力，耗费了十年的岁月，让墓园焕然一新。在此期间，鲍勃的整颗心都被林中墓园占据了，他觉得自己就活在那里。不知不觉中，他开始和远古时代的

古代村落遗址与风化了的木雕熊。

人们当年的日常生活无声地映入心中。

在日渐消失的图腾柱森林

祖先交谈。一小部分居民的中伤也好，赞美也罢，他都置若罔闻。那一定是一场深入内心世界的治疗之旅。

其实在那个时候，锡特卡的特里吉特族长老们正在商议一个问题——在时代飞速变迁的当下，要把他们继承下来的故事传给下一代的哪一个人，让他继续传递火炬呢？最关键的是，故事中有几个不能外传的特里吉特神话。最后，长老们选中了鲍勃，于是他就这样成了新一代的叙说者。原来，长老们一直在远远地看着他。在来夏洛特皇后群岛的路上，我才知道还有这么回事。

我们赶了好远好远的路，终于来到了夏洛特皇后群岛的僻静小海湾。只见巴掌大的海滨深处，有一排光秃秃的大树，显然不同于其他繁茂的树木。它们就是将人们的梦想和喜怒哀乐封存在逝水流年中，至今矗立在寂静的水边，已在岁月里风化了的图腾柱。

许多柱子已经歪了，有好几根躺倒在地。它们布满苔藓，甚至长出了新的植物，即将消失的图案仿佛在诉说着什么。熊用双手捧着的人类婴孩、从鲸鱼鳍间探出脑袋的青蛙、刻在柱子顶端的白头海雕注视着整座村子……走出森林的白尾鹿彷徨其间，边走边啄食青草。那是自然在人类消失后缓慢却又切实地收回领土的风景。鲍勃在

在日渐消失的图腾柱森林

如今，这里人迹罕至，唯有风吟，
我不由得感觉到了强大的灵力。

图腾柱间行走，自始至终一言不发。我们在那里待了一天，却几乎没说过话。因为我知道，当鲍勃为某种巨大的力量所震撼的时候，他是决不会把自己的感受说出口的。

当天夜里，鲍勃从胸前的口袋里掏出一个用麂皮裹着的小人偶，小心翼翼递到我跟前。那是一个孕妇裸身像，大概5厘米长。

"很久以前，我在特里吉特族的村落遗址找到了它。还记得那天它从地里探出半个脑袋，远远地看着我。"

据说这人偶至少有200多年的历史，还蕴藏着神奇的力量，能救助肩负苦难的女人。鲍勃还告诉我，他已经用人偶救助过好几位女士了。当时我不是很理解"救助"的含义，没想到第二天，一件奇妙的事情发生了。

夏洛特皇后群岛由无数小岛组成。我们划着小船，沿着群岛的海岸线旅行。每到一处古代村

鲍勃拿给我看的神秘人偶。

落遗址，我们都会碰到几个"守望者"（watcher）。他们孤零零地生活在远离现代村庄的地方，守护着祖先的圣地，日复一日。

那天，我们来到了一个叫塔努岛（Tanu）的地方，慢慢品味一整天的时光。海岸边的森林里有 20 多处长满苔藓的住宅遗址，仿佛拥有某种强大的力量。我独自去林子里走了走，拍了会儿照片，然后一时兴起，走去了岸边的守望者小屋。不料鲍勃也在那儿，一位40岁上下的海达族女士在他跟前掉眼泪。我隐隐约约觉得自己不该待在那儿，于是立刻回林子里去了。

当晚，我若无其事地向鲍勃问起这件事。原来，那位女士一直因为婚姻破裂而痛苦不堪，便把人偶贴在胸口，向鲍勃一吐心中的苦水。这到底是怎么回事？为什么她能对一个初次见面的人坦露心事？但我不敢追问。不知道为什么，我总觉得现在是不能问这些的。可我随即冒出了另一个念头：鲍勃是不是有治愈者（healer，拥有带宗教色彩的治愈能力的人）的力量啊？这件事又给我心目中的他增添了几分神秘的色彩。

在一个叫尼斯汀（Ninstints）的地方遇见的守望者说了一番话，让我久久无法忘怀。他说，我不懂白人为什么敢去挖掘其他民族的圣地，拿走各种各样的东西。

守望者夫妇一直凝视着逐渐消失的图腾柱。

　　进入 20 世纪后，强国的博物馆开始积极搜罗全世界的历史文物。夏洛特皇后群岛也没能幸免。当许多图腾柱开始被搬走时，好在幸存的海达族后裔一个接一个站了起来。他们希望让这些神圣的事物自然而然地朽烂，就连想方设法要将人类史的瑰宝保存下来的外界压力都遭到了他们的顽强抵抗。

"他们为什么非要把图腾柱保存下来，以至于要把跟这片土地紧密相连的灵物搬去毫无意义的地方？我们一直觉得，就算有朝一日图腾柱彻底腐朽，森林扩张到海岸，让一切消失在大自然中，也完全没有问题。到时候，那里就成了永远的圣地了。为什么他们总也理解不了呢？"

我边听边想，"认为肉眼可见的东西才有价值"的社会和"能从肉眼看不见的东西里读出价值"的社会，差别就在这儿。而且后者的观念对我产生了强烈的吸引力。在黑夜中，肉眼看不见的生命所释放出的气息不也更本源吗？

漂到岸边的木头依然烧得很旺，"噼啦噼啦"的响声分外动听。我们沉浸在各自的心事里。过了一会儿，鲍勃突然打破沉默，开口说道：

"我觉得大概还有个 20 年吧……"

"啊？什么 20 年？"

"在图腾柱彻底消失前剩下的时间……"

片刻的沉默后，轮到我先开口了。

"找个时间再回来看看吧？不，我们就一直在这儿看着吧，直到图腾柱消失在森林里。反正才20年嘛，我们应该能活到那个时候啊！"

又过了一会儿，旅途中最难忘的一幕发生了。鲍勃蓦然起身，站在篝火前，为我讲述了"渡鸦神"的故事。主要内容是"渡鸦是如何让这个世界有了水"。一时间，我难以置信，呆呆地凝视着站在眼前的鲍勃。他神情严肃，仿佛在集中意念，任火光染红脸庞。接着，他用自言自语似的口吻喃喃道：

"这个故事没关系的，是安全的……"

这个故事是安全的？……也就是说，还有说不得的危险故事？莫非在他心里，神话是有生命的活物不成？鲍勃将挂在脖子上的吊坠衔在嘴里，仿佛在祈祷一般，缓缓化身为叙说者。渡鸦再次出现在他背后。

Last Ice Age River

人们通过创造圣地，或者神化动植物来拥有某片土地
——说白了就是将灵力注入土地。

—

约瑟夫·坎贝尔[3]

特里吉特族的家徽

黑熊现身于河边的草原。

好几条冰川从凝重的云层耷拉下来。由岩石与冰块组成的群山了无生气，如屏风一般绵延不绝。沙暴在狂舞，初生的大地一片荒凉。我们不再划桨，让来自冰川的奶白色浊流推着小船走，四周的混沌世界教人看得出了神。之所以出神，并不是因为景色太美。用"拒绝人类涉足、为压倒性的力量所统治的风景"来形容，也许还更贴切些吧。我们来到这条河还不到一星期，便逆流而上，穿越了数万年的地球史，误入最后的冰河时代。

北美最后一条野性之河，塔琴希尼河（Tatshenshini）。它仿佛躲过了岁月的大潮，甚至很少有人知道它的存在。在特里吉特族的语言里，"Tatshenshini"是"渡鸦之河"的意思。

在夏洛特皇后群岛野营的那一晚，鲍勃·山姆突然在篝火前讲起了渡鸦的神话。我眼睁睁看着稳重文静的他缓缓变身为叙说者，与平日里判若两人，不由得感叹故事所拥有的力量与讲述者内心的世界观密切相关。关键在于这个人如何看待日常生活中的寻常小事，与艰深的知识无关。因为我感觉，鲍勃总在凝视肉眼看不见的事物。而夏洛特皇后群岛这片土地的灵力，也为他讲述的渡鸦神话注入了神奇的生命。

"……这个渡鸦创造的世界还没有光，也没有水……一天，渡鸦踏上了寻水之旅。他听说在今天的尼斯河（River Ness）流域住着一个男人，名叫加纳克。他有一眼不断喷涌的泉水。渡鸦一心想要得到泉水，但泉水在加纳克家里，而且他总是盖住泉眼，睡在旁边。渡鸦飞去找他，说道：'兄弟啊，我是来见你的。你过得怎么样啊？'它聊起屋外发生的各种事情，试图把加纳克引到外面去。可那男人很聪明，就是不上当……"

渡鸦施展了各种花招，终于把男人引出去了。不过在故事最后登场的河流的名字，反而给我留下了更深刻的印象。

远眺渡鸦之河——塔琴希尼河。

"……渡鸦喝干了泉水，飞走了。飞了一会儿，他吐出第一口水，创造了尼斯河。他继续往北飞，边飞边吐水，于是便有了斯蒂金河（Stikine）、塔库河（Taku）、奇尔卡特河（Chilkat）、阿萨克河（Alsek），还有宽阔的塔琴希尼河。从渡鸦嘴里漏出来的小水滴一沾地，就成了大马哈鱼洄游的溪流……"

鲍勃背对着静悄悄的森林，一口气说完了这个故事。

而此时此刻，我正和朋友沿着塔琴希尼河（渡鸦之河）泛舟而下。这条河全长200千米，先穿过加拿大育空地区（Yukon Territory）的山岳地带，接着进入阿拉斯加的冰川地带，最后汇入北太平洋。它被人们暗自称为"最后的冰期之河"（Last Ice Age River），一直包裹在白色的面纱中。从上游到下游，有近20条冰川汇入河中，以至

在沙暴与冰山的怀抱中，沿着塔琴希尼河的核心河段顺流而下。放眼望去，视野中的冰川全部流进了这条河。

每次把小船靠在河岸边，我都会低头观察沙地，寻找动物的脚印。就算我看不见它们，它们仿佛也在某处注视着我。（这是熊的脚印）

于它的温度逼近冰点，天知道这到底是个怎样的世界。尤其是进入阿拉斯加之后，等待着我们的雄伟壮阔的冰川地带，能不能穿越着实是个未知数……但是游览这条"渡鸦之河"是我长久以来的梦想。因为我总觉得它的水流能将我送到几千年前、几万年前的往昔。

而且有一种生物是我特别想在这次旅途中见到的。顺流而下的时候，野营的时候，我都竖起耳朵，捕捉它们的动静。那是一种蓝色的熊，名叫冰川黑熊（Glacier Bear）[4]。为什么会有那样的熊存在？我一无所知。我只知道美加边境的冰川地带栖息着少量的冰川黑熊。也许它们也和这条"渡鸦之河"一样，躲过了流淌的岁月，悄悄活到了今天。

河岸边的沙地上偶尔会出现狼的脚印，黑熊一次次从帐篷附近走过，可冰川黑熊到头来还是没现身。不过我已经满足了，因为我能感觉到它们的动静，知道它们的确活在这个世界的某个角落。"看到"和"理解"是两回事。即便我用食物把熊引了出来，那也不算是真的"看到"。就算没有亲眼看到，我也能通过树木、岩石与寒风感觉到它们，理解它们。在所有事物都被拽到我们眼前，所有神秘都被不断摧毁的当下，"看不到"这件事反而有了另一层深意。比起存放在博物馆的精美藏品，在森林中慢慢腐朽、慢慢消失的图腾柱拥有更神圣的力量，道理是一样的。

告别加拿大，进入阿拉斯加的冰川地带之后，周围就彻底变样了。在往下游走的过程中，水温和气温迅速下降，我们也愈发紧张了。这样的河，还找得到第二条吗？

眼看着巨大的阿萨克冰川越来越近，无数高耸的冰山挡住了我们的去路。天知道这条河究竟是在冰山间穿行，还是一头撞在冰山上，然后从下面流过去的。浊流是如此猛烈，就在我们犹豫

许多阿拉斯加的冰川在缓慢而持续地后退。不过有朝一日，冰川再次前进的时代定将到来。

不决的时候，小船被迅速冲向冰山的汪洋。再拖下去，就算我们能意识到这条河属于后一种情况，怕是也回不了头，只得在极其危险的处境中越陷越深。也就是说，到时候是几乎不可能得救的。

我们把小船停靠在不能再往前的位置，爬上附近最高的山丘，想看看前方的冰到底是个什么情况。然而，如大湖般宽阔的河面被无数从冰川剥落的冰山埋起来了，根本看不出个所以然来。是赌一把运气，认定有水路穿行于巨大的冰山之间，还是选择更安全的路线，扛起小船和所有装备，绕着山走？这一绕，十有八九会把人累晕过去。但我们别无选择，花了整整两天把全套装备运到了大冰块的另一侧。就在半路上，我们遭遇了一场猛得难以置信的沙暴。备用的船桨都被吹跑了，被塔琴希尼河吞噬了。大自然的力量就是如此强大，凡人毫无招架之力。我不由得想起了源自这条河的特里吉特族传说。

话说数百年前的一个春天，住在塔琴希尼河边的特里吉特族人听见了一声雷鸣般的巨响，大伙儿望向河的上游，只见 500 米高的巨浪正以骇人的速度逼来。原来是洛厄尔冰川（Lowell Glacier）崩塌了。它原本就像一座用冰块做成的大坝，截住了 80 千米宽的大湖。一眨眼的工夫，村庄与族人都消失不见了。据说今人还能在某个河中沙洲的岩石上找到依稀可辨的图画，那也是塔琴希尼河边有人生活过的唯一痕迹。只有一个族人大难不死，他以传说的形式，把这场悲剧传承了下去。

在特里吉特族的世界里，人们流过血的地方会渐渐变成圣地。因为向大地支付过代价之后，这片土地就成了他们的了。在数百年前的悲剧发生后，再也没有人生活在塔琴希尼河边了，但是在特里吉特族人的心中，这里就是他们的土地。

沿着"渡鸦之河"漂流时，我偶尔会突然想起鲍勃·山姆。如果他在这儿，又会看到这条河的哪一个侧面呢？狼的脚印、冰川黑熊的痕迹、沙暴、冰川……他一定会像那个夜晚一样，仿佛被什么人操纵了一般打开故事的匣子。

河边的白杨树上停着一只白头海雕。河流将我缓缓推向那棵树下。白头海雕也目不转睛地俯视着我。它会飞走吗？还是会看着我从它面前经过呢？

我委身于水流，继续盯着它看。那是一段无比紧张、教人无法喘息的时间。这只看着我的白头海雕没有活在过去，也没有活在未来。那样的时间压根就不存在。它只活在这一刹那，活在这个瞬间。而我也只凝视着当下的这个瞬间，一如许久以前的童年时代。一只海雕与我分享了这段奇迹般的经历。不断流逝的现在所拥有的永恒性，还有那寻常事所蕴含的深远，都教我如痴如醉。水流带着我从白杨树下穿过，白头海雕却没有飞走。

渡鸦之河在不知不觉中变成了平静的水流，渐渐失去了它的魔力。险峻的群山山势放缓，广阔的天空渐渐占据前路。我仿佛嗅到了地平线那一头的北太平洋。

鲸鱼的神话在宇宙荡漾

别老想着自己和自己这代人。多想想下一代，想想我们的孙辈，
想想那些尚未诞生，将从地下探出头来的新生命。

—

美国原住民长老

约 80 年至 100 年前的桨，上面画着逆戟鲸和渡鸦

早在很久很久以前，鲸鱼就开始了洄游的征程，一代又一代。阿拉斯加东南部的海散发着远古的气息。

一关掉小船的发动机，仿佛能将万物吞噬的静谧便笼罩了平静如镜的海面。竖起耳朵听一听……果不其然，犹如哭喊的鲸歌隐隐传来。说时迟那时快，海面上出现了巨大的气泡圈，无数鲱鱼一齐飞上天空，六头鲸鱼也张开大嘴一跃而起。

　　7月，我们来到阿拉斯加东南部的海上，追寻座头鲸的踪迹。想当年，生活在这片土地的印第安人——海达族与特里吉特族的祖先们究竟是怀着怎样的心情凝视这些巨型生物的呢？他们依林傍海，生活在丰饶的大自然中，没有必要冒险捕鲸。想必他们是怀着无限的畏惧，透过林中的树木遥望汪洋中的庞然大物。

　　话说好几年前，我去过同样漂浮在这片海面的兄弟岛（Brothers Island），走进了岛上的原生林。无论是站着的树木，还是倒地的枯木，无论地面还是岩石，表面都长满了苔藓。这座远古时代的森林仿佛生命体一般，形成了一个奇妙的世界。我就像着了魔似的在林中彷徨。也许我是在鸦雀无声、纹丝不动的森林气场中搜寻自己还不了解的时间轴。因为在无比悠久的流金岁月里，这座森林是在一点点运动的，而我就想在心里感受这种肉眼看不到的运动。

就在这时，神奇的响声从远处传来。啾——啾——微弱的声响穿越森林，渗入耳中。这到底是什么声音？我穿行于树木间，一步步往前走，只为了搞清这声音究竟是怎么回事。片刻后，四周变亮了。突然间，我已走穿了森林，来到一片巴掌大的海滨；只见眼前的海里竟有两头座头鲸一边优哉游哉地喷水，一边游过。我坐在岸边目送它们远去，直到两个身影消失在地平线上。远古时代的印第安人会不会也是像我这样凝视鲸鱼的呢？远眺海岸山脉，便能看到好几座被冰川覆盖的山谷。曾经彻底覆盖这片土地的冰川缓缓后退，新生的大地在不知不觉中孕育出森林，海水

暮色中，座头鲸在海里游走。不久后，便会
有繁星在水平线的那一头眨起眼来。

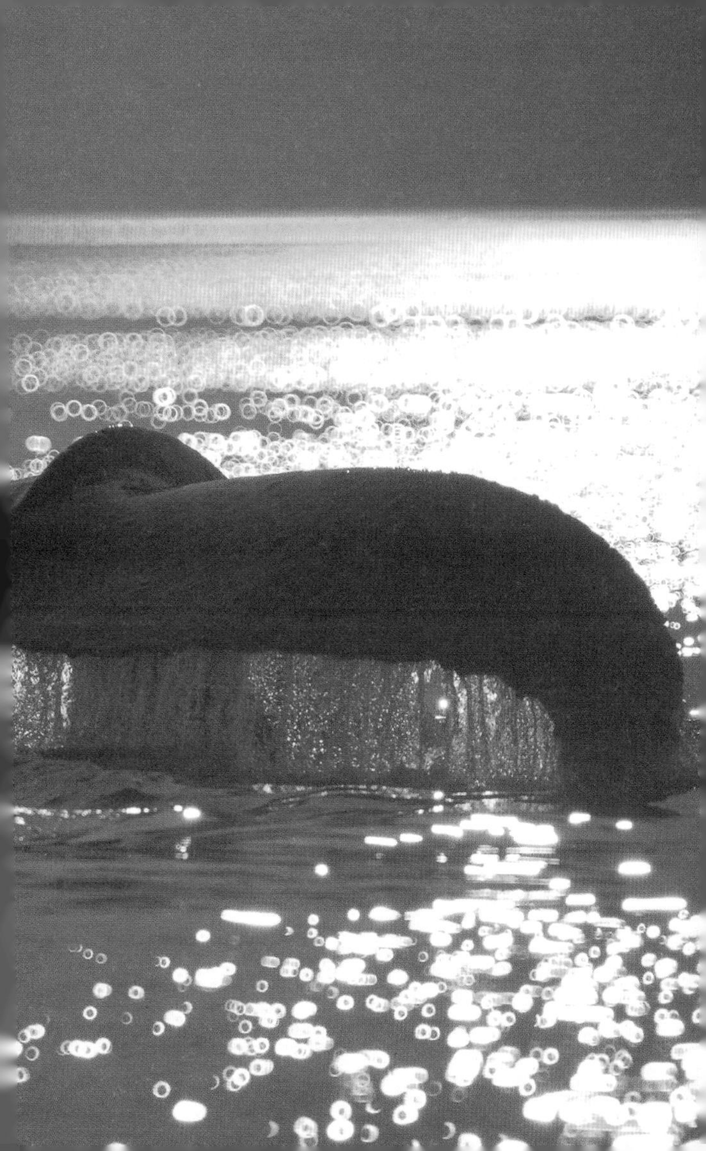

涌向深邃的山谷，也带回了鲸鱼。在地球的历史中，同样的事情究竟重复了多少回？某种难以名状的心情将我笼罩。也许早在悠久岁月的某个节点，森林、冰川与鲸鱼就结下了不解之缘。

我开着小船从朱诺（Juneau）出发，沿着弗雷德里克海峡一路南下。行驶在这片被无数小岛环绕的峡湾海面时，你会有一种自己在森林中漫步的错觉。因为四周的每一座小岛都被茂密的原生林覆盖，而且树木都直逼水边。

一天，我路过一座叫"特内基温泉"的小村庄。看名字就知道，这地方自古以来就有温泉涌出，是在这片海域航行的渔民们休息的好所在。温泉的源头是一块巨岩的裂缝，热水源源不断。人们在那儿搭了个小屋子，用作简易澡堂。夜深人静时，我独自过去泡澡，却见昏暗的岩盘浴池里躺着一位老人。特内基温泉村并不是印第安人的村落，但我一眼就看出他是特里吉特族的。

沃尔特·索布罗斯正在翻阅 160 年前的希伯来语文献。

鲸鱼的神话在宇宙荡漾

"从哪儿来的呀？"

"费尔班克斯。这几天一边在这片海域航行，一边找鲸鱼。"

老人明明生活在阿拉斯加，而且还是个那么小的村落，我却从他充满慈爱的表情中读出了宽阔的眼界，仿佛他早已周游过世界。

"天知道这块石头是从什么开始喷温泉的。是1000年前，还是更早？谁都不知道。"

"老爷爷，您是特里吉特族的吧？具体是哪个氏族的呀？"

"渡鸦……"

老人名叫沃尔特·索布罗斯，今年87岁。在聊天的过程中，我得知这位特里吉特族的老者在美国本土的大学拿到了宗教学的博士学位，实现了年轻时的求学之梦。考虑到半个多世纪之前的时代背景，还有他出生长大的环境，这简直是天方夜谭。

鲸跃究竟是为了表达什么呢？

"您是怎么想到要研究宗教学的呢？"

"我们特里吉特族的宗教比较接近泛灵论（animism）。我们觉得有灵魂的不仅限于人，森林、冰川、生物……还有形形色色的自然现象都有灵魂。随着时代的变迁，基督教来到了这片土地，可我不知道该如何接受它才好。于是我就对人类的宗教多样性产生了兴趣。说白了，就是我想知道各种各样的人是如何看待这个世界的……"

老人走出浴池，往石板上一躺，单手搭在额头上，闭上眼睛继续说道：

"你说你在找鲸鱼，是吧？想当年，库鲁克万村里有一座很壮观的'鲸鱼之家'……"

"现在去还能看到吗？"

"早就被拆掉啦，跟当年完全不一样了。说本族语言的人也越来越少了……库鲁克万村的'鲸鱼之家'应该还有照片留着的，要是有机会的话，你倒是可以看看。"

"那您知不知道关于渡鸦和鲸鱼的神话呀？"

"知道啊……你想听吗？……"

在昏暗的澡堂小屋，老人躺在地上，闭着眼睛徐徐道来，他的思绪仿佛已然飘到了往昔。

"……很久很久以前，一头跟高山一样大的鲸鱼浮上宁静的海面，张开巨大的嘴巴，恣意吸取晴朗天空下的大气。就在这时，远处忽然来了一只渡鸦，飞进了鲸鱼的大嘴巴。鲸鱼痛苦得乱翻乱滚，最终冲上海岸，一命呜呼。那只渡鸦倒不慌不忙，在鲸鱼肚子里上蹿下跳，边闹边唱歌。碰巧路过海岸的村民听见死鲸鱼的肚子里传出歌声，大吃一惊，连忙找街坊们来帮忙，一起给鲸鱼开膛破肚。见渡鸦从鲸鱼肚子里出来，村民们又吃了一惊，便请它担任村长。于是渡鸦化身为人，开始统治那座村子了……所以直到现在，渡鸦氏族和鲸鱼氏族还跟亲戚一样紧密相连。"

用气泡把鲱鱼群围起来，张开大口
统统吞下，一网打尽。这就是鲸鱼
的神奇捕食行为，即"气幕捕食"。

已经消失不见的"鲸鱼之家"。

又过了一阵子，我在这片海上遇到了世界级鲸鱼学家罗杰·佩恩。那天，我发现了由六头座头鲸组成的小团体，便追着它们观察了一天，看它们是如何捕食的。就在这时，罗杰·佩恩的"奥德赛号"出现了。为了寻找鲸鱼，他开着这条船走遍了全世界的大海。

说人类对鲸鱼的科研兴趣始于1968年罗杰·佩恩在百慕大海域发现的座头鲸之歌，也毫不夸张。他的发现也成了一座里程碑，带动了全球范围的环保运动。我遇到他的时候，他正在阿拉斯加海域收录座头鲸的歌声。

当晚，我们在同一片海湾下锚停船。我就这样得到了和罗杰·佩恩深入交流的机会。巧也是真的巧，与他相识于学生时代的挚友，竟是我在费尔班克斯的邻居。他向我讲述了自己与鲸鱼的第一次邂逅。

"……当时我刚从大学毕业，才开始做研究

鲸鱼的神话在宇宙荡漾

没多久。一天夜里，我在大学的研究室忙到很晚，忽然，广播里报出一条新闻，说是有鲸鱼在附近的海岸搁浅了。我立刻开车过去，在雨中打着手电，一步一步往前走，就看见空无一人的海滩上果然躺着一头小小的鲸鱼。

"尾鳍的一部分被人割回去当纪念品了。气孔里插着烟，可能是恶作剧吧。在手电的灯光中，蓝白色的海浪冲刷着鲸鱼的身体。我呆呆地站在那儿，一动不动。每个人都会有毕生难忘的体验，不是吗？对我来说，那一晚就是我毕生难忘的体验。我下定决心，要为人类的未来研究鲸鱼，把它作为我的终身课题……"

在旅途临近尾声的时候，我收获了一场美妙的日落。在金光灿灿的海面上，一群座头鲸在我们面前强有力地行进。一旦发现鲱鱼群，它们便扬起尾鳍，一齐消失在海里。不一会儿，便有歌

给座头鲸之歌录音的科学家罗杰·佩恩。

鲸鱼的神话在宇宙荡漾

鲸鱼们一边吐气泡，一边悄悄逼近
鲱鱼群。在海面破裂之前，神秘的
预兆出现在宁静的海上。

声不知从何处传来。说时迟那时快，鲸鱼一跃而起，仿佛把海面炸开一般，接着张开巨大的嘴巴，将鲱鱼吞进肚里。

太阳早已落山，四周却还没完全黑透，空中出现点点星辰。不知不觉中，我发现自己跟丢了鲸群。取而代之的是成群结队的海豚，不时如飞箭般闪过，在海面上留下一道道夜光虫苍白的光亮。

不久后，海面与天空的分界线都看不分明了，无数星星在天上眨起了眼。我遥望夜空，想起了罗杰·佩恩提起的一件事：曾把鲸歌从海洋传到陆地的人类，如今正把它们的声音送往宇宙。

1977 年，空间探测器旅行者 1 号和 2 号发射升空，它们此时仍在银河系航行，承载着地球人给外星人的讯息。据说录有座头鲸歌声的唱片能保存 10 亿年以上。莫非有朝一日，会有我们无从知晓的外星生命发现那张唱片，读懂鲸歌？这种可能性是不是不完全为零呢？我也说不好。

　　但是在我心里，为我讲述渡鸦与鲸鱼的神话故事的特里吉特族老人和罗杰·佩恩忽然重叠在了一起。因为我强烈地觉得，驱使我们将鲸歌送往宇宙的想法，一如由人类亲手缔造，并且不断拷问着自身存在意义的神话。

人类的诞生

就算你坐的是大船，我划的是独木舟，
我们还是得共享同一条生命之河。

－

美国印第安长老 奥伦酋长

19 世纪末制作的渡鸦哗啷棒
（不列颠哥伦比亚大学人类学博物馆藏品）

比尔·里德[5]的作品，《渡鸦与人类的诞生》（The Raven and the First Men）。不列颠哥伦比亚大学人类学博物馆的镇馆之宝。

"覆盖地球许久许久的大洪水终于退了，奈昆的小沙滩也终于露了出来。渡鸦沿着潮水渐退的海边飞行，贪婪地享用无数美味。它有好一阵子不会饿肚子了，另一种空腹感却没有得到满足，那就是想要妨碍别人，想要改造东西，想要在这个世上搞恶作剧的、难以抑制的冲动。

"渡鸦从一直藏着光的老人那里骗来了光，打开了三个盒子，把太阳、星星和月亮镶嵌在天空。世界明明变亮了，可他低头一看，海边还是静悄悄的。就没什么有意思的玩意儿吗？渡鸦下到沙滩，走来走去。所有奇怪的东西，他都要瞧上一瞧；所有奇怪的声音，他都要听上一听，可就是没有遇上任何有趣的事情。渡鸦愈发窝火，朝天一声大喊。就在这时，不知从哪儿传来了隐隐约约的哭声。

"然而，渡鸦环视四周，却什么都没发现。第二次查看时，他才发现声音竟来自他的脚边。那是一个半截埋在沙子里的大蛤蜊。把脸凑过去仔细一瞧，蛤蜊里挤满了小小的生物。渡鸦的影子吓得他们瑟瑟发抖。

"渡鸦总算如愿了。这个东西说不定能改写这无趣的一天。问题是，小生物们吓坏了，就是不肯出来。渡鸦把脸凑近贝壳的缝，用甜美的声音骗啊哄啊，让他们到外面来，到新的世界来，跟他一起玩儿。渡鸦有两种声音，一种粗犷高亢，另一种却如钟鸣般悦耳，世上简直找不到更动听的声音了。小生物仿佛被他的声音吸引住了，一点点现出身来。可是有几个被广阔的大海和天空，还有一身黑的渡鸦吓到了，刚探出头就缩回了蛤蜊里。不久后，在对外界的好奇心的驱使下，所有的小生物都钻出了蛤蜊。但他们跟渡鸦完全不一样，没有羽毛，也没有鸟嘴，皮肤苍白，头上长着黑色的毛。

"那就是第一批海达族，也就是第一批人类的

渡鸦传说不仅在阿拉斯加东南部的印第安人中流传，
甚至影响到了蒙古人。在爱斯基摩人的创世神话中，
渡鸦最先创造的是熊。

诞生……"

（摘自海达族神话《渡鸦与人类的诞生》）

9月，我造访了位于温哥华的不列颠哥伦比亚大学人类学博物馆。那里收藏了图腾柱等一系列太平洋西北部地区印第安人的美术品，还有各种关于渡鸦的古代工艺品，我早就想去看看了。尤其是有海达印第安血统的加拿大国宝级雕塑家比尔·里德的巨型作品《渡鸦与人类的诞生》，我特别想亲眼瞧瞧。

博物馆地处温哥华郊外，就在不列颠哥伦比亚大学的广阔校园里，而且位置绝佳，刚好能俯瞰大海。我提前联系了他们，告知了我此行的来意，所以研究员特意把各种和渡鸦有关的古代美术品列成一张清单，还一一拿出展柜给我仔细看。

在夸富宴（potlatch）上跳舞时戴的巨型渡鸦帽、一张嘴就有人脸露出来的变形面具、独木舟的船桨、勺子……古人把对渡鸦的感情与乞求寄托在形形色色的工艺品中，教我看得出了神。每一道寻常的刀痕，都穿越了100年、200年的岁月，向我诉说着什么。

装有玻璃幕墙的大厅里摆着许许多多的图腾柱，它们大多来自夏洛特皇后群岛。就在两个月前，我刚去过那里，在岛上林中见过的长满苔藓的图腾柱此刻便浮现在眼前：它们在岁月中腐朽殆尽，终有一天要回归自然。而我眼前的图腾柱在钨丝灯泡的亮光下熠熠生辉，失去了与那片灵性土地深切相关的魔力。

博物馆是晚上9点关门，临近闭馆的时候，人影就没几个了。不知不觉中，我周围连一个人都没有了。玻璃幕墙外红日西斜，片刻后，群星在图腾柱上方眨起了眼，熊、狼、鲸鱼……刻在柱子上的各色生物，还有摆在展柜里的渡鸦面具，仿佛都一点点活了过来，目不转睛地看着我。

人类的诞生

我心心念念的比尔·里德的作品《渡鸦与人类的诞生》被摆放在博物馆最靠里的展厅。几个小人从蛤蜊壳的缝隙间探出头来，正要战战兢兢迈出通往世界的第一步；上方的渡鸦把影子盖在他们身上……我就这样伫立在那座巨大的雕塑前，直到闭馆。

1920 年，比尔·里德出生在加拿大的维多利亚。他的母亲是夏洛特皇后群岛出生的海达印第安人，父亲是德裔白人。换句话说，这两个人的结合让母亲与孩子们都失去了在印第安人中的地位。在 20 世纪初，"印第安人"已经不是一个令人骄傲的词了。比尔·里德在白人社会中度过了他的童年。

在 20 多岁的时候，比尔首次踏上夏洛特皇后群岛。而这次旅行也成了他人生的重大转机。那时他的外祖母已经去世了，但他第一次见到了外

在众多迷你船桨中，寻找和渡鸦
有关的款式。

变形面具。渡鸦一张开嘴，人脸就
露出来了。

人类的诞生

钨丝灯泡照亮了博物馆展出的腐朽图腾柱。

这根图腾柱上刻着"熊叼人"的图案。

人类的诞生

祖父查尔斯·古拉德斯通。查尔斯继承了海达族的传统，是一位银器工匠。

看到外祖母生前佩戴的手镯，比尔便被它的设计深深折服了。终其一生的夏洛特皇后群岛之旅就此开启。他遇见了许多长老，在此过程中逐渐培养出了海达印第安人的身份认知，以自己的血统为傲。

不过更为关键的转机，发生在多伦多的皇家安大略博物馆（Royal Ontario Museum）。比尔在那里邂逅了来自外祖母出生长大的村庄"塔努"（现在已经不存在了）的图腾柱。深受感动的他决意继承海达族的传统，同时结合自身的西欧文化背景，投身于雕塑作品的创作。

从小巧的银器到巨大的图腾柱，比尔的作品种类繁多。而最让人们心醉的是，他的设计十分新颖，绝不局限于海达印第安人的传统。几乎从未得到过世人关注的北太平洋印第安文化经由现代人比尔·里德的妙手，终于释放出了真正的光芒。

那段时间，我天天去博物馆报到。一天傍晚，我拜访了在温哥华郊外安度余生的比尔·里德。他身患重度的阿尔茨海默症，已经到了无法走路也无法说话的地步，却答应了我这个陌生人的请求。

我推开房门，跟着他的孙女走向房间的深处，比尔·里德就坐在那里。他的生命所剩无几这件事，我也已经有所耳闻。我本不知道该从哪里说起，却下意识地聊起了这一年的旅程。

我告诉他，被森林和冰川覆盖的阿拉斯加东南部的自然一直深深吸引着我。我告诉他，我和一位特里吉特族的朋友一起去夏洛特皇后群岛看了图腾柱。我告诉他，我在四处旅行，追寻渡鸦的传说……比尔目不转睛地看着我的脸，发出不成句的哼哼，不住地点头。

渡鸦打开了三个盒子，把太阳、星星和月亮镶嵌在天空。

在告别温哥华的前夜，我来到人潮汹涌的闹市区。马路上挤满了车，大家都动弹不得，车喇叭声此起彼伏。我走累了，便找了家临街的咖啡厅，坐在椅子上呆呆地眺望大都会的夜色。

"我能抽根烟吗？"隔壁的男士开口说道，"这一天可把我累坏了……"

他带着一脸的疲惫点着了烟。

"嗨，我是搞房地产的。一大批中国人涌进了温哥华，搞得房价不停地往上蹿啊……你是游客吗？"

"嗯，想来这里查点东西……"

突然，一个正在横穿马路的醉汉对着车的保险杠使劲一踹。驾驶员一踩油门，轮胎发出的响声引得行人纷纷回头。可片刻后，人群便逐渐恢复原状，仿佛什么都没有发生过。毕竟谁都不想被卷进这种事情里。

我不禁想起了海达族神话《渡鸦与人类的诞

暮色中的博物馆。渡鸦的图腾柱成了剪影。

比尔·里德与孙女。我带去了他的著作，照片中的他正在为我签名。

生》的最后一章。话说人们的生活变得愈发富足了，文化也繁荣起来了，然后⋯⋯

"⋯⋯终结的脚步声越来越近了。一座座村庄被抛弃，成了废墟，人也慢慢变了样。大海不再丰饶，大地日益荒凉。恐怕是时候到了。渡鸦重造世界的时候就快到了⋯⋯"

人类的诞生

灵魂归家

每一个温暖的夜晚 / 在月光下入眠

用一辈子的时间 / 让那光亮进到你体内

然后你就会发光 / 终有一天

月亮会觉得 / 你才是月亮

–

克里印第安人的诗歌

特里吉特族的渡鸦哗啷棒 │ 制作于 20 世纪初
（不列颠哥伦比亚大学人类学博物馆藏品）

这座墓园曾荒芜到无处下脚的地步。
鲍勃与女儿在园中散步。

我回到锡特卡，拜访阔别已久的鲍勃·山姆。在那趟夏洛特皇后群岛之旅结束后，我一直没见过他。

鲍勃的爱人阿朵特意来机场接我。在与她交谈的过程中，我得知鲍勃几乎完全没跟她提起在夏洛特皇后群岛发生的事情。

"如果鲍勃经历了某种强烈的心理震撼，他就绝不会把这件事说出来。我当然也不例外啦。他本来就不太说话，这下话更少了……"

这次来找鲍勃，是为了跟他一起参加那周周末在安克雷奇举办的"文物归还（repatriation）会议"。repatriation原本是"遣送、遣返"的意思，现在却特指某种全球性的潮流。

从19世纪到20世纪，西欧博物馆的收藏家与人类学家致力于发掘世界各地的遗迹与墓地，搜集了无数的出土文物。眼看21世纪即将来临，那些惨遭掠夺的民族纷纷呼吁博物馆将包括人骨

在内的所有文物送回原处。而"原处"指的是古人们怀着各种各样的念想埋葬文物的泥土中。特里吉特族等阿拉斯加原住民也不例外。这股潮流震撼着全球各地的博物馆，因为对方的要求正当至极。

"在我收到邀请函，得知文物归还会议要在阿拉斯加召开的那一天，我望向窗外，雨刚好停了，

特里吉特印第安人的古老墓园迎来了日出，
渡鸦的叫声传来，仿佛在诉说着什么。

锡特卡上空出现了一道巨大的彩虹。而且彩虹刚好是从鲍勃守护了十多年的特里吉特老墓园冒出来的。我当时就感觉到了一股强大的力量，感觉到鲍勃将非去参加这场会议不可……"

抵达锡特卡那天夜里，我在鲍勃睡下之后陪阿朵说话。她聊起了自己的种种灵异体验，最早的一次能追溯到她3岁那年。我实在无法将那一段段不可思议的经历转化成文字，因为它们唯有通过阿朵的诉说才能化作有力量的故事。其实我们聊到深夜的话题，就是"灵魂"。

后来，她终于遇到了一个能理解她从小到大的各种灵异体验的人。那个人就是鲍勃。

"当时鲍勃不是每天都去荒凉得一塌糊涂的墓园打扫吗？这活可一点儿都不轻松。其实啊，他一直在为 ghost（幽灵或恶灵）头疼，只是没人知道罢了。无论是在墓园里忙活的时候，还是晚上回到家以后，都有恶灵骚扰他。尤其是睡觉的时

送别死者灵魂的夸富宴持续到深夜，每人都能分到大量的礼物。

候，看他难受成那样，我都快心疼死了……后来，墓园一点点干净起来，恶灵也慢慢消失了。"

我想起了鲍勃说过的一段话。

"我了解那座墓园的一切，就好像那是我自己的世界一样。飞来的鸟，长着的植物，还有蜘蛛和幽灵……"

鲍勃向我一点点敞开了神秘世界的大门。那

特里吉特印第安人的社会主要由
白头海雕氏族与渡鸦氏族组成。

是一片活在现实世界的人难以见到的天地。那就是所谓的"灵视"（vision）体验，即灵性世界的存在。所以阿朵提起彩虹的时候，我也毫不吃惊。是读出巧合的含义，还是付之一笑？这个问题和人类的某个关键元素有关。而这个关键元素，正是灵魂。

换个角度看，文物归还运动其实也是两种观念的冲突。一边从"心"的层面把握这个世界，另一边却立足于"物"的层面。人类学家为什么要发掘墓地？为什么要收集人骨做研究？特里吉特人恐怕无法理解这种行为。反之，人类学家可能也无法从本质上相信灵性世界的存在。

鲍勃倾注了十年的漫长岁月，凭一己之力，勤勤恳恳复原了被人们抛弃已久的墓园，拯救了近五千座坟墓，而且没拿一分工钱。他的所作所为为许许多多人带去了光明。原本荒凉到没人敢接近的墓园焕然一新，如今已经成了孩子们的游乐园。

"有一次，一位老人来到墓园，说他一直在找母亲的墓，已经找了50多年了。我就帮他找到了那座墓，带他过去看。老人当场就哭了，但神情里满是幸福。一星期后，他就走了……"

这也是鲍勃告诉我的。

其实在这十年里，锡特卡的特里吉特族社会也没有停止过变化。年轻人纷纷将视线投向传统文化，慢慢捡回了自己的身份认知。他们敬重长老，希望在长老们离去之前尽可能多吸收一些东西。鲍勃的义举肯定在其中发挥着一定的作用。你们就感觉不到这里头有肉眼看不见的"灵魂"的力量吗？鲍勃坚信，当远古祖先的灵魂随着文物归还运动回到这片土地的时候，人们定能受到指引，走向更美好的明天。

在动身前往安克雷奇的前夜，大家为两年前

去世的老妇人举办了盛大的夸富宴，送别她的灵魂。老妇人所属白头海雕氏族要邀请渡鸦氏族参加宴会，好生招待。死者的家人筹备了整整两年，家财几乎都耗尽了。听说直到现在还有为了办夸富宴卖房的情况。但是这种光荣的付出，能换来特里吉特族社会对整个家族的支持。

会场聚集了 400 到 500 位白头海雕氏族和渡鸦氏族的后裔，有的甚至来自周边的村庄。宴会从下午 2 点开始，通宵达旦，直至第二天早上 5 点。在传统鼓乐的伴奏下，人们唱歌跳舞，不停地享用大自然赐予的各种恩惠。当地人自古以来就在收获完山珍海味的晚秋举办夸富宴。

鲍勃叮嘱我："绝对不能拒绝传到你手里的食物。"因为当地人相信，死者与远古祖先的灵魂会通过我们享用那些美食。

另外，"孩子"也是夸富宴的关键元素。特里吉特族社会认为死者的灵魂会重归人世，所以在同一时期诞生的近亲家的婴孩会被赐予死者的名字。换句话说，他们是在对婴儿低语："你好呀，奶奶！"在这里，人们把更多的价值放在了肉眼看

鲍勃收集的白头海雕羽毛。族人深信这些羽毛有灵力。

不见的事物上。在夸富宴的腾腾热气中，我对这样的社会产生了强烈的乡愁。

第二天，我们启程前往安克雷奇，参加文物归还会议。当地的旅游季已经结束了，街上冷冷清清。我一边走，一边听鲍勃讲述他在这里当流浪汉时的往事。他说，他眼睁睁看着好几个人死在自己怀里。沉默寡言的他不时提起的点滴过

往，让我切身感受到了他所经历的暗黑时代是多么深邃。

文物归还会议在希尔顿酒店的某间会议室举行。与会者以史密森尼学会（Smithsonian Institution）等各类博物馆的研究人员居多，我俩显得格格不入。但本次会议的主要发言人之一，是代表美洲印第安人出席的夏安族（Cheyenne）长老。

几个核心的议题是，如果博物馆要归还馆藏的人骨，那要追溯到哪个时代呢？古代的出土文物要怎么办呢？古代到底要如何定义呢？……人们围绕这些议题一连讨论了好几个小时。

突然，一直保持沉默的夏安族长老平静地开口说道：

"我就想不明白了，你们为什么不讨论'灵魂'呢？是因为你们没有灵魂吗……在我第一次离开夏安的土地，前往阿拉斯加的途中，我一直在飞机里祈祷。因为旅行就意味着惊扰那些长眠

夸富宴的会场摆放着各家传承至今的氏族标志。

于途经之地的灵魂啊……"

会场一片寂静。接着，长老讲起了一件不可思议的事情。

"……有一次，一位博物馆研究员联系我说，馆里有个在夏安族的土地发掘出来的小娃娃，每天早上过去巡视，它都不在原来的展位上，不知道是怎么回事。为什么呢？因为天一黑，夏安族少女的灵魂就会过来跟自己的娃娃玩儿啊。这么简单的事情，你们怎么就想不明白呢……"

在漫长的沉默后，会议回归先前的主题。毕竟除了沉默，人们也没有别的办法回答这位长老的问题。

谁知当天最为轰动的一刻，出现在会议即将结束的时候。在普通听众提问的环节，鲍勃站了起来。平日里沉默寡言的鲍勃竟然来到了话筒前，仿佛他一直在等待这个时刻的到来。

"……十多年前，锡特卡启动了一个住宅建

在安克雷奇举办的文物归还会议。

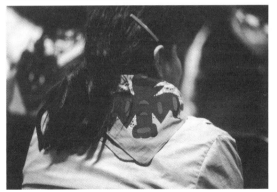

夸富宴会场拍到的白头海雕氏族女性。

灵魂归家

设项目，我们特里吉特族的老墓园也因此遭到了破坏。坟墓被挖开了，遗骨散落在四周的草丛里，祖先的陪葬品也一个接一个被偷走了。我没法用语言描述我当时有多心痛。我每天都去墓园，把遗骨埋回土里……"

鲍勃的声音微微发颤。因为他强压着心中的百感交集，因为那是他发自内心的呼喊。会场再次鸦雀无声。夏安族长老闭着眼睛，低头倾听。不知不觉中，鲍勃讲起了他在守墓的那十年里的心路历程。他说，他的心被逐渐治愈了，挣脱了黑暗的时代，对白人的憎恶也渐渐消弭了……鲍勃没有批判在场的任何一个人。反倒是他的宽恕震撼了所有听众。他用平静却坚定的语气呼吁，把祖先的灵魂送回原处吧，如此一来两种文化也许能相向而行。听着听着，我的眼角阵阵发烫。因为鲍勃不仅宽恕了对方，还提出了与他们共生共存的畅想。

曾几何时，鲍勃在这座城市流落街头，醉得不省人事，谁都不愿意多看他一眼。今时今日，这位印第安人却极大地震撼了在场的所有人。我仿佛能感觉到，有某种强大的力量在鲍勃的背后守护着他。

落入林中的树枝

石头不是自己来到这里的。

树木不是自己站在这里的。

有人创造了这一切。

他教会了我们一切。

–

克劳（Crow）印第安人

海达族的帽子，饰有渡鸦的图案
（不列颠哥伦比亚大学人类学博物馆藏品）

秋日的森林，落叶与杂草

在雾雨环绕中，我漫步于阿拉斯加东南部的森林。

由苔藓织成的森林地毯上，点缀着腐朽殆尽的老树。不时有新生的大树从老树上冒出来，向着天空生长。那是很久很久以前落在朽木上的幸运种子变的。它们一边吸取老树的营养，一边茁壮成长。凑近些观察那结束了漫长的一生，已然化作培养基的树干，你就能看到许多几厘米长的小树嫩芽密密麻麻地挤在一起，仿佛是为了那万分之一的机会。这景象甚至让我觉得，森林的主人公不是朝着天空生长的生者，而是化作养分哺育新生代的死者们。生与死的界线是如此模糊，整座森林在旅途中共享着同一份意志。

每每置身于深邃森林，我的内心都会有一种神秘的安全感，就好像自己正凝视着绵绵不息的河流。这究竟是为什么呢？一颗颗雨滴终将汇成川流，注入大海。在永无止境的岁月长河中，我们也不过是过着和雨滴相似的一生罢了。从雨滴到川流，是绵延不绝的永恒。而森林能让人类重拾这种永恒，让我们将小小的自我交给他物。这里的永恒，也可以替换成"故事"。乍看静止的森林，说不定也在我们无从知晓的时间轴中讲述着一个名叫永恒的故事。

只身行走于森林时，我有时会产生"自己正被森林凝视"的感觉。一阵风吹来，小草与树叶沙沙作响，铁杉、桧树这种高大的树木微微摇摆，嘎吱作响，让沉默变得更像是倾诉了。置身于这样的片刻时，你就不会在静谧中听到植物们的声音吗？

"采药草的前一天要净身的。什么坏念头都不能有，只能想好的事情，净化自己的内心。"

我想起前些天和鲍勃一起去锡特卡的森林里采恶魔手杖[6]的情形。在阿拉斯加东南部的森林

恶魔手杖最要紧的部分是茎的表皮内侧。

里走动时，没有比叶子背面长满小刺的恶魔手杖
更让人头疼的植物了。再小心也没用，不知不觉
就能扎你一身的刺。可对特里吉特印第安人来说，
也没有比恶魔手杖更珍贵的药草了。

　　我见过一位特里吉特族的老婆婆。她身患癌
症，被医生判了死刑，说是只有几个月好活了。

可是五年过去了，她还活得好好的。医生直呼这是个奇迹，百思不得其解。其实她一直在偷偷吃恶魔手杖熬的药，却始终没把这件事说出来。因为从小到大，大人都是这么教育她的：重要的事情绝对不能跟白人讲……这也许是因为在与白人文化的碰撞中，本族的宗教和语言都在不知不觉中被一点点剥夺了的缘故吧。据说在老婆婆还很小的时候，父母就跟她提起过，在林子里受了伤的熊会用恶魔手杖敷伤口。

"采药草的当天早上只能喝清水，然后把自己一点点调整到和植物相同的层面。所以在心里跟植物说话也是很重要的。像这样让身心贴近植物的层面，然后再进林子，就不需要你主动去找药草了，你会在药草的指引下前进，不知不觉间来到它跟前，因为植物跟人一样，也是有灵魂的……"

儿时的鲍勃听奶奶用特里吉特语讲了很多和

锡特卡的特里吉特印第安长老们正在收集恶魔手杖。

药草有关的故事,这些故事被他视若珍宝。自远古代代相传的特里吉特印第安人的药草智慧正在逐渐消亡。鲍勃是年轻一代唯一的继承人,可他的知识也称不上全面。

当晚,我看着鲍勃削恶魔手杖的茎,想起了他跟我讲过的某个渡鸦神话。那是海恩斯(Haines)的特里吉特印第安族长老奥斯丁·哈蒙德先生在

鲍勃的妻子阿朵正在削恶魔手杖的茎，将它们制成药材。

1989 年托付给几位年轻人的神话。年轻人之一便是肩负起传承本族传说重任的叙说者鲍勃。鲍勃用录音带记录下了长老最后的声音。几天过后，长老就与世长辞了。

我接下来要讲的故事对我们非常重要，所以你们要认真地听……谈论灵魂不是什么

[王桉]
花楸的一种。
可治感冒。

[荨麻（荨麻属）]
富含有益肾脏与儿童的钙质。

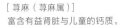

[拉巴多亚]
治感冒，缓解宿醉。

[恶魔手杖]
对癌症等各类内脏
疾病有效。

[红三叶草]
净化血液。

[蓍草]
对感冒、胃病有效。

栖息于阿拉斯加东南部森林中的黑熊，
河里有无数逆流而上的大马哈鱼。

鲍勃捧着采来的恶魔手杖。

可怕的事情。那是很久很久以前的事情了，我要讲讲我们是如何有了灵魂……在渡鸦为这个世界创造好树木的时候，生物们还没有得到灵魂。人们坐在森林里，不知所措。树木也没在生长。动物也好，鱼儿也罢，都一动不动……

渡鸦在海滨行走，走着走着，只见海里

喷出一团大火。渡鸦凝视着火。就在这时，一个年轻人从海滨的另一头过来了。他长着漂亮的长喙。他是一只鹰。鹰飞得很快。

"帮帮我吧！"

渡鸦对路过的鹰说道。他需要在那团火消失前得到火苗。

"帮帮我吧！"

渡鸦第三次提出要求的时候，鹰终于回头了。

"你想要我做什么？"

"我想让你把那团火苗取回来。"

"怎么取？"

渡鸦从林子里拿出一根树枝，绑在鹰引以为傲的喙上。

"等你飞到那团火旁边了，就把头歪一下，把树枝的那一头伸进火焰里。"

年轻人飞离地面，照渡鸦说的取到了火，

落入林中的树枝

迅速往回飞。火烧到了它的喙，逼近了他的脸，烫得他哭喊不停。渡鸦告诉鹰：

"你在为全世界的人受苦。为了拯救这个世界，把火带给我！"

片刻后，年轻人的脸逐渐被火焰包围，但他还是回来了，将火焰扔向大地，扔向悬崖，扔进河里。就在这时，所有的动物，天上飞的，水里游的，都得到了灵魂，动了起来。林中的树木也开始生长了……

这就是我要留给你们的故事。树木也好，岩石也好，风也好，万物都有灵魂，都在看着我们。切记，切记……时代会发生巨变，但森林一定要用心守护。因为森林会教会我们一切……我离开的日子就快到了，所以你们要好好听着，因为这个故事对我们很重要……

我在树林里边走边思考鲍勃的爱人阿朵说过

的话。和鲍勃一起去夏洛特皇后群岛的时候，我看见一个海达族的妇女在他面前掉眼泪。那幕光景让我久久难以忘怀，所以在和阿朵聊天的时候，我随口问道："为什么那个人愿意把自己的痛苦经历讲给一个刚见面不到一个小时陌生人？鲍勃是不是有治愈者的力量啊？"阿朵否认了我的猜测，说道：

"这样的事情已经有过好多次了。多得数都数不清呢。但我觉得吧，一个人是不能用某种方法治愈另一个人的，却能注视着心怀苦楚的人，陪着他。可能鲍勃就有这方面的能力吧。鲍勃年轻时四处旅行，经历过地狱般的日子。所以心怀痛苦的人能感觉到鲍勃肩负的伤痛，这才像大水决堤了似的倾诉自己的伤痛。

　　"鲍勃花了整整十年的岁月，打扫被人们遗忘了半个多世纪的荒凉墓园。打那时起，锡特卡的印第安社会就慢慢地变了。年轻人将目光投向了本族的文化，渐渐拾回了自信。我觉得这绝对不是巧合。"

　　听从渡鸦的指令前去取火，被严重烧伤，却带回了火种，赐予了万物灵魂的那只年轻的鹰，在我心中突然与鲍勃·山姆重叠在一起。也许人世间净是些在渡鸦的指引下前去取火的人。

咚……咚……不可思议的声响从林中传来。到底是什么东西在响？我边走边观察四周。突然，树枝从天而降。停下脚步，竖起耳朵，便有树枝落入林中的声音从四面八方而来，仿佛是被拉长放慢的雨声。苍老的森林正在慢慢褪去古旧的衣衫，迈向新的时代。每每有风吹过，这种神秘的声响便会将森林撑得更满。

我们还听得见植物们的声音和森林的声音吗？我们还能将灵魂注入大自然的一切，重拾当年的故事吗？

冰河时代的遗物

故事如箭。

如果你想得不对，做得不对，

就会有人用故事射穿你的心，

作用于你的心神，让你思考自己的人生。

萨满巫师的盒子，表面饰有渡鸦和螃蟹 ｜ 1893 年收藏
（不列颠哥伦比亚大学人类学博物馆藏品）

黎明时分，北美灰熊驻足于湖畔。

我搭乘飞机，前往美国本土的南达科他州（South Dakota）。因为我和当地的一位古生物学家约好了，要去他那里看看在阿拉斯加东南部的森林里发现的灰熊颅骨。颅骨被安置在南达科他州立大学的研究室，属于一头生活在 3.5 万年前的北美灰熊。

　　把生活的重心转移到阿拉斯加以后，这片土地的历史让我愈发心醉神迷了。我所说的"历史"，是既包括自然，也包括人类的历史。在白人怀揣着一夜暴富的美梦，涌向这片土地的 100 年前……在这里几乎只属于爱斯基摩人和印第安人的 200 年前……只要一步步穿过时光隧道，这片土地便会在转瞬间进入神话时代。如果"古代"这个词足够贴切，那我们完全可以说，就在昨天，阿拉斯加还处于古代。

　　在回顾阿拉斯加发现史的时候，与阿拉斯加东南部森林中的原住民有关的那起小事件是一定要提的。就是那件事，将我带去了遥远的传说世界。

1732 年，俄国政府派白令（Vitus Jonassen Bering）和奇里科夫（Alexei Ilich Chirikov）出海探寻美洲大陆，因为白令的第一次探险活动让政府认定，新大陆就在堪察加的那一头。1741 年，白令与奇里科夫分别指挥"圣彼得号"与"圣保罗号"，从鄂霍次克（Okhotsk）出发。然而在行驶过程中，两船因浓雾在阿留申海域失散，两位船长就此永别。

在那之后，白令在海上发现了被冰雪覆盖的高山，圣伊莱亚斯山（Mt. St. Elias）。可惜船上食物短缺，一行人无奈返航。抵达今天的白令岛后，白令决定在此扎营越冬，却因疾病在小岛上画下了人生的句号。在他率领的 77 名队员中，有 33 人不幸丧生。幸存的队员们拆开了搁浅的船只，重新打了几艘小船，在第二年回到鄂霍次克。

在晨曦中浮现的岩画。

而和白令走散的奇里科夫在 7 月 15 日于阿拉斯加东南部发现了一座小岛。那就是今天的贝克岛（Baker Island）。

奇里科夫在日志中写道：

7 月 15 日 2:00 am 我们发现了一条非常高的山脉。视野不佳。但那一定就是美洲大陆……

密林中的黑水塘与巨岩。它们都是冰河时代的遗物。

　　7 月 18 日 3：00 pm 我们尽可能靠近陆地，派 11 名队员划小船朝陆地进发……

小船一去不复返。7 月 23 日，奇里科夫看见远处的海岸有火光。7 月 24 日，他又派出 4 名队员划船登陆。然而，第二艘小船也没有回来。那明明是一个天气晴好、风平浪静的夏日。7 月 25 日，突然有两艘小船朝奇里科夫的大船驶来。

下面这段话依然摘自奇里科夫的日志。

　　……起初，我还以为那是自己人的船。可是随着小船逐渐靠近，我发现自己错了。其中一艘的船头很尖，桨的划法也不一样。我看到小船上有 4 个人，但他们没有继续靠近，所以我看不清他们的长相。其中一个人好像穿着红色的衣服。只见他们突然站起来，喊了两声："啊加伊！啊加伊！"然后就掉头回去了，消失在了雾气中。我们已经没有能用来登陆的小船了……

　　派出第一艘小船已经是 8 天前的事情了。奇里科夫下令扬帆返航，放弃音讯全无的 15 名队员。在大雾中出现的那几个人到底喊了什么？直到今天，这仍是个未解之谜。而那 15 名消失了的队员甚至没有在特里吉特族的传说中留下任何的痕迹。

故事的情节就是这么简单。可我偏偏爱极了这段隐藏在阿拉斯加发现史中的小插曲。划着神秘小船接近奇里科夫的人是不是渡鸦世界的子民？在探访阿拉斯加东南部的海域时，这个故事总是在我脑海中挥之不去。只要张开想象的翅膀，我随时都能钻进奇里科夫的时代。时光荏苒，环抱这片海的深邃森林却几乎没有变化，只是冰川稍稍后退了一些。

今年夏天，我走遍了阿拉斯加东南部的森林与海边，寻找岩画的踪迹。所谓"岩画"，就是刻在石头上的神秘图画。它们来自更远古的时代，是暗藏在这片土地的另一段遥远的记忆。岩画究竟出自何人之手？是什么时候、为了什么画的？在阿拉斯加东南部的森林里生活了数千年的特里吉特印第安人都一无所知的古老画作，究竟是什么样的人留下的呢？

冰河时代的遗物   155

满月爬上阿拉斯加山脉。环抱
冰川的群山缓缓沉入黑暗。

某日天亮前，我来到了某个湖边，在好不容易找到的岩画前等候日出。不一会儿，东面的天空便染上了红色，林中的小湖也慢慢沐浴到了晨光，刻在岩壁上的画终于有了微弱的阴影。岩画的图案形形色色，有的像龙，有的像鸟，有的像太阳。它们历经数千年的岁月，今天迎来了又一个黎明。那阴影仿佛正轻声诉说着古人的故事。声音虽轻，却有着坚定不移的力量。我伸手轻抚岩石的表面，感受那若有若无的凹陷。一时间，我迷醉了，甚至搞不清数千年的岁月到底有多长了。

又一日，我在森林里找到了一座被称为"黑水塘"的池子。冰川在冰期结束后缓缓后退，被留在半路上的大冰块一点点融化，再加上雨水，便有了这块洼地。黑水塘的面积在这块冰开始融化以后慢慢扩大，因为来自周围森林的树枝与落叶堵住了地底的洞口，影响了排水。枝叶在地底越积越多，导致水位逐渐上升，因而截断了岸边树木根系的氧气供给。久而久之，枯树逐渐增多。腐朽的树木使池子里的水变成了独特的黑褐色，"黑水塘"就是这么来的。

池子里躺着一块巨岩，与周围的环境格格不入。那块岩石也是被后退的冰川撂下的。后来，植物演替慢慢推进，荒凉的大地开启全新的生命，耗费无比漫长的时间，终于缔造出了这座森林。换言之，黑水塘和巨岩都是冰河时代的遗物。

在想象的世界中回溯阿拉斯加的历史，最后的威斯康星冰期（Wisconsin glaciation stage）便成了遐想的终点。因为古人就是在那个时候从亚洲来到了北美大陆。如今，白令海峡的平均水深不过 40 米，而冰期的海平面要比现代低上 100 米。其中的差距，造就了衔接亚洲与北美的白令平原。蒙古人穿越这片干涸的白令海形成的平原，从亚洲来到了阿拉斯加。特里吉特印第安人的祖先想必也是在同一时期渡过了大陆桥。而爱斯基摩人的祖先是公元前 8000 年前左右才出现的，当时白令平原已经因为冰川融化开始没入海中了。

靠一己之力穿越阿拉斯加的历史，到这儿就是极限了。再把时间往前推，这片土地便会蒙上雪白的面纱，什么都看不分明。

谁知在某个夏日，我接到了朋友凯希打来的电话。她从事着"给大自然录音"的工作，当时加入了一个纪录片的项目组，拍摄地在阿拉斯加东南部的威尔士亲王岛（Prince of Wales Island），所以她一直在岛上收集森林的声音。威尔士亲王岛是当地森林砍伐问题最为严重的地方。项目组在仅存的那片森林拍到了绝美的画面。其实制作电影的目的，正是为了阻止人们对阿拉斯加东南部森林的肆意砍伐。在不远的未来，这个问题很有可能蔓延到威尔士亲王岛之外的地方。

汽车在南达科他州的大平原上飞驰，车中的我想起了凯希的那通电话。

猛犸象的牙齿（采集于布鲁克斯山脉）。

猛犸象的獠牙。

冰河时代的遗物 161

北极熊究竟经历怎样的种系进化，
才出现在了这颗星球上？

"我跟你说呀，我们最近发现了一个不得了的东西……威尔士亲王岛的表面是被石灰岩覆盖的，森林里也有很多人类从未涉足过的钟乳洞。而且大多数钟乳洞的地形非常复杂，有那种需要直降好几十米才能前进的难关。我们团队有好几个职业 caver（洞窟探险家），他们把能进的洞都调查了一遍，走到不能走的地方才罢休。然后啊，我们就在其中一个洞窟里发现了一具熊的骸骨！骸骨在一个很深很深的位置，就好像它是在冬眠期间死去的一样，连指骨都是整整齐齐的……我们小心翼翼地把骸骨搬出来，送去了南达科他州立大学的古生物学研究所。我刚收到了检测结果，原来那是 3.5 万年前的灰熊哎！……"

抵达南达科他州立大学时，我受到了希顿教授的热烈欢迎。他是个古生物学家，以学者的身份参加了那个项目组。据说他十多岁的时候就开始玩 caving（洞窟探险）了。他告诉我，正是年轻时痴迷的洞窟探险活动让他对古生物学产生了兴趣。

3.5万年前的北美灰熊颅骨。

"虽然我也抱了一定的期待，可万万没想到我们竟然能找到这样的东西。而且还不止一具呢，在其他洞窟里也找到了。"

希顿教授打开木盒，取出两个略带些褐色的灰熊颅骨，摆在我面前。他的眼里写满了喜悦，仿佛他终于实现了童年的梦想。

"就好像它在洞里等了3.5万年一样，一直保持着睡姿，慢慢变成了 skeleton（骸骨）……"

我拿起颅骨摸了个遍，细细品味它的触感。我本就喜欢搜集生物的骨头，也收藏了几个熊的颅骨。看着骨头的时候，我能品尝到某种平衡感。

我总觉得，世上没有任何一个东西能像骨头那样深刻拷问生命的意义。最关键的是，骨头很美。不过此时此刻位于我面前的骨头经历了一段长达3.5万年的旅程。我不禁在脑海中一遍遍反刍这个叫人眩晕的数字。

"实不相瞒，我们还有一个很神奇的发现。我们正在调查生活在阿拉斯加东南部岛屿上的熊，结果显示，只有这一带的北美灰熊在基因层面更接近北极熊。我们还不知道这意味着什么，不过……在冰河时代，这些小岛本身并没有被冰雪覆盖，但它们被冰川环绕，完全与世隔绝。说不定这就是导致灰熊和北极熊基因相近的原因之一。"

这头熊还活着的时候，阿拉斯加东南部有没有人住呢？不对，我应该这么问："当时的美洲大陆有人吗？"

拍好照片之后，我将颅骨轻轻放回木盒，小

心翼翼地捧着盒子，走在古生物学研究室的昏暗走廊上。木盒每一次晃动，我都能透过身体感觉到"咔嗒咔嗒"的细微响声。那透明的声音像极了骨灰盒，让我不由得感叹它的美。而且我觉得，熊的颅骨仍在一分一秒地刻画着光阴。我下意识地透过响声，寻觅 3.5 万年前的阿拉斯加东南部森林的气息。

利图亚湾的悲剧

大地知晓一切。

你一旦犯错，大地就会知道。

—

科尤康（Koyukon）印第安人

古代渡鸦哗啷棒
（不列颠哥伦比亚大学人类学博物馆藏品）

上：大量的冰川从费尔韦瑟山脉（Fairweather range）汇入太平洋。

下：阿拉斯加南部海岸线的森林。

我搭乘飞机，前往美国东海岸的费城。此行的目的，是一睹宾夕法尼亚州立大学博物馆的藏品——特里吉特印第安人的古老袍子（祭礼时穿的礼服）。我之所以跑这么远看一件衣服，是想亲眼瞧一瞧人们当年寄托在这件袍子里的愿望。

地面净是大都会的霓虹灯光。我一边眺望夜景，一边回想起阿拉斯加南部那荒凉的海岸线。一座座 3000—5000 米的高山串联起费尔韦瑟山脉，渺无人烟的海岸线与山脉并行，绵延近 300 千米。在太平洋的骇浪麇集而来的这片土地，利图亚湾也许是唯一安全的避风港。从两侧伸出来的沙洲就跟防波堤似的，让海湾总被谎言般的寂静包围。在天气晴好的日子，耸立在背后的冰川与高山便会倒映在水面上，形成一个犹如伊甸园的美好世界。

想当年，在这片物产丰富的海域，利图亚湾（Lituya Bay）定是最理想的定居地。硬说这里有什么危险元素，那就是海湾入口偏窄，所以海水涨落时会形成湍急的海流。另外，传说中的"利图亚巨怪"——潜伏在利图亚湾海底的怪物所引发的悲剧，也为这片静如明镜般的海湾增添了几分阴森。毕竟曾有许许多多特里吉特印第安人在这里不幸丧生。

不知从何时开始，特里吉特印第安人离开了这片海湾。如今，没有一个人住在这条长达300千米的海岸线上。可即便是在今天，人们依然心系利图亚湾。特里吉特印第安人认为，要是有族人死在了某个地方，那个地方就会变成他们的土地。换言之，他们是以流血为代价换来大地。在我看来，没有一个地方比利图亚湾更能让人切身感受到"土地是有灵力的"。今天的故事，要从这片天涯海角般的海湾——利图亚湾说起。

时刻笼罩着这片土地的雾霭，甚至也为利图

冬日的马拉斯皮纳冰川（Malaspina Glacier）与费尔韦瑟山脉。广阔的冰川有着与美国罗得岛州匹敌的面积。

亚湾的历史蒙上了白色的面纱。海湾早已无人问津，全无过去有人在此居住的痕迹。1786 年，法国探险家拉普鲁斯（La Perouse）成了第一个踏上这片土地的欧洲人。他的日记成了为数不多的史料之一。

200 多年前的探险队留下的记录生动展现了神秘的特里吉特印第安人的日常生活。特里吉特人坚信冰河是群山的孩子，在夜空中飘舞的极光则是战士在天上嬉戏。在他们眼里，大自然的每一个元素都是有灵魂的。话说拉普鲁斯探险队逗留利图亚湾时，有两艘小船被卷入了海湾入口的激流，21 名队员不幸丧生。要想安全地进入这片海湾，只能利用满潮与退潮之间潮水相对平静的窗口时间，在现代也是如此。不过最令人吃惊的是，这起事故竟在特里吉特人中间流传了下来。在相隔一个世纪的 1886 年，某位长老首次道出了特里吉特人与拉普鲁斯探险队的相遇，而且整个故事是站在印第安人的角度展开的。

那是一个春日。许许多多人从伟大的村落库克努出发，划独木舟来到利图亚湾。正要进海湾的时候，四艘独木舟被激流吞噬，一位酋长因此丧命。就在幸存者们在海边服丧时，两艘巨大的帆船从大海的另一头驶来。族人不知道那是什么东西，以为是黑身白翼的造物主——渡鸦的化身降临人间了。众人惊恐不已，连忙逃进森林，摘下臭菘的叶子卷起来，透过小洞观察逐渐逼近的巨型渡鸦。为什么要透过叶子看呢？因为族人深信，直接用肉眼看渡鸦，自己就会变成石头。

过了一会儿，一名勇敢的族人坐上独木舟，想要出海查清"渡鸦"的真面目。无奈"渡鸦"发出震耳欲聋的响声，还喷出了白烟，吓得他立刻掉头回来。见状，一位双目几乎失明的长老召集众人，说道：

"我已时日无多，是时候为族人牺牲了。那

到底是不是渡鸦？看它一眼会不会真的被变成石头？就由我去试试看吧。"

于是老人便划着独木舟接近帆船，实现了与洋人的首次会面。这个传说中也提到了洋人的两艘小船被浪涛吞没的始末。

拉普鲁斯离开这片土地之后，海湾再次裹上白色的面纱。然而，利图亚湾的故事还没有结束。传说从探险队讲到了潜伏在海湾入口的海底怪物，即利图亚巨怪。据说巨怪会消灭靠近这片近海的所有人，将他们变成熊，让他们去费尔韦瑟山脉上面做奴隶，监视利图亚湾。

1958 年 7 月 9 日。那日万里无云，风平浪静。一支由 8 人组成的加拿大登山队刚爬完费尔韦瑟山，来到利图亚湾的入口野营。他们恐怕并不知道，这片海湾曾有过特里吉特印第安人的村庄……也不知道为什么他们又都不见了……

晚上 9 点，一架小型飞机在沙滩着陆，载着他们飞向朱诺。据说飞机原计划是第二天早上才来。而在一小时前，拖网渔船"埃德利号"也驶入了利图亚湾，还抛了锚。9 点过后，又来了两艘渔船，分别是"巴杰号"和"莫尔号"。夕阳西下，潮水已然退去。谁知在 10 点 16 分，费尔韦瑟山脉鸣动起来。

　　伴随着剧烈的地震，9 千万吨岩石滚落下来，冰川也崩塌了，高达 40 米的大海啸以时速 160 千米的速度横扫利图亚湾。一眨眼的工夫，"莫尔号"被拽进了海里。"埃德利号"被冲到了一棵 20 米高的大树上。"巴杰号"也在海浪中颠簸，却平安渡过了险境。第二天早上坐飞机经过利图亚湾上空的美国地质学会的学者。在事后表示，自己看到了一幕世界末日般的光景。

　　1958 年的大海啸是离我们最近的一次。其实在这一个世纪中，利图亚湾至少经历了 4 次大海啸。剩下的 3 次分别发生在 1936 年、1916 年和 1854 年。虽然没有证人，但海啸席卷了山脚下的森林，在当地的植物相中留下了不可磨灭的痕迹，也对那一年的年轮造成了深刻的影响。特里吉特印第安人代代相传的海啸传说，十有八九指的是 1854 年的那次。

在那个风平浪静的晴天，村里的男人划独木舟出海打海獭去了，女人们扛着用桧树的根编的篮子上山摘树果，留在村里的都是老人和孩子。突然，震耳欲聋的轰鸣从海湾深处传来，女人们吓得动弹不得。莫非是传说中的怪物"利图亚巨怪"醒来了？定睛一看，高墙般的海浪正从利图亚湾的深处涌来。为了救村里的孩子，女人们纷纷冲下山，只有一个姑娘因为吓得腿软留了下来。巨浪远去后，姑娘才走下山，却发现村子早已消失得无影无踪了。后来，出海打猎的男人们

站在利图亚湾的深处远眺太平洋。

回来了。在海边哭泣的姑娘跟他们讲述了事情的来龙去脉……在人们离开利图亚湾之后，巨浪的传说依然代代相传。

　　有一次，我听说1958年大海啸的幸存者还活着，便萌生出了有机会要找他聊一聊的念头。去年，我终于打听到他住在锡特卡。对我这个为利图亚湾心醉多年的人来说，见过大海啸的人总归是非常特别的，就算人家只是碰巧在场也一样。幸存者名叫霍华德·里奇，当时就在"巴杰号"上。我约他在镇上的咖啡厅见面，细细听他讲述那一夜的利图亚湾究竟发生了什么。事情都过去快40年了，霍华德却说得格外详细，就好像一切都发生在昨天。

"在那片海域打渔的渔船都知道，要过夜，利图亚湾是最理想的地方。那天的海湾也跟平时一样，海面平静得跟镜子似的。快到傍晚的时候，我也看准了从涨潮变成退潮的当口，把船开了进去……因为潮水的流向一旦有变，海湾入口的水流就会暂时变得非常湍急。

"我10岁的儿子也在船上。我们在海湾东侧抛的锚。9点过后，我们俩都睡了。对了对了，我还记得那天的天气特别晴朗，平时被雾气挡住的费尔韦瑟山脉都能看得清清楚楚呢。那个落日的景色真是太美了，直到现在我都忘不了。

"没过多久，剧烈的地震就来了。然后是'轰隆隆'的声音，就像是大地发出的巨响。我从床上跳起来，冲上甲板一看，只见高高的海浪跟墙壁一样，从利图亚湾的深处扑了过来。情况紧急，当然得立刻逃跑，可我们没有时间拔锚。唯一能做的，就是发动引擎，把船头对准巨浪。万幸的是，船头直到最后都没有垮掉。

"我们的船猛然间被冲到了巨浪的顶端。锚的链条断了，落到了船的另一边……我整个人都傻了。巨浪席卷了四面八方的山脚，然后再反弹回来，相互碰撞。利图亚湾就跟碗里的水似的剧烈摇晃。回过神来才发现，我们被冲到了海湾的正中央，捡回了一条小命。四周的海面上漂着无数树枝和冰块，一片狼藉……"

"在特里吉特族的传说里，利图亚湾住着一个叫'利图亚巨怪'的怪物，您知道吗？"

"不知道哎。利图亚湾下面有费尔韦瑟山

特里吉特族坚信"冰川是群山的孩子们"。
"群山的孩子们"在逐渐崩塌，回归大海。

描写利图亚湾悲剧的礼袍。中间的图案代表巨岩，两旁的代表潮流。
（宾夕法尼亚州立大学博物馆，费城）

脉的断层带。1958 年的大海啸就是断层的地震引起的。"

在调查利图亚湾的过程中，我打听到了一小段十分耐人寻味的历史。特里吉特印第安人有一条描绘利图亚湾传说的袍子。在 20 世纪初，宾夕法尼亚大学的博物馆就得到了这件文物。换言之，这件袍子也许诞生于近 100 年前。我只想更深入地了解这件袍子承载的故事，亲自看上一眼。这次费城之旅就是这么来的。

我提前跟博物馆方面约了时间。当天早上过去一看，研究员已经提前准备好了用北美驯鹿皮做成的古老袍子，就等我去了。我仿佛发现了宝藏的孩子，目不转睛地看着研究员打开袍子。沉睡在岁月中的故事，好像也慢慢拾回了生气。

画在袍子上的神秘图案以利图亚湾入口处的巨岩为主题。对那些在潮水改变流向时不幸被激流卷走的人来说，这块岩石就是最后的一线生机。据说袍子上的图案代表了巨岩与流经两侧的潮流。人们还为潮流赋予了"时代"这一层意义。

有朝一日，时代将激烈地涌动，将大多数人吞噬。然而，也许能有那么一小撮人紧紧抓住最后这块岩石，将某些东西传承到下一个时代。当欧洲的船只在大海的那一头现身时，族人们是不是已经掌握了即将到来的时代？100 年前寄托在长袍中的念想，原来就是人们对新时代的祈愿。

我忽然想起了第一次坐塞斯纳飞机在利图亚湾着陆时的种种。引擎一熄火，传入耳中的便只有太平洋的涛声了。沙滩上有一串不太明显的脚印，是熊留下的痕迹。沿着脚印一路往前走，便是一片岩石嶙岣的山坡，视野很是开阔。环抱冰川的费尔韦瑟山脉如屏风般耸立在眼前，美得教人惊叹。也许伊甸园与危险总是相生相伴的。总有一天，传说中的巨浪会再次席卷利图亚湾。人们把拉普鲁斯的帆船当成渡鸦的化身，吓得躲进森林的那一天好像十分遥远，又仿佛就发生在昨天。

循着熊道

你是个善良的年轻人。你是灰熊。你爬出了皮毛。
我为了你将油脂投入火中。灰熊啊，我们合二为一！

–

特里吉特印第安人的歌谣

特里吉特印第安人的勺子，表面刻有渡鸦图案
（不列颠哥伦比亚大学人类学博物馆藏品）

万籁俱寂的清晨。唯有座头鲸的
呼吸声传来。咻——咻——

我曾经划着皮筏，游览夏日的弗雷德里克海峡。那是阿拉斯加东南部的多岛海。清晨，浓雾重重，只能听见船桨划水的声响。在奶白色的世界中，环绕四周的山林时而悄然现身，时而消失不见。因为雾气在缓缓移动。

一停下手中的船桨，皮筏便在镜子般的水面上滑行了一小会儿后停了下来。沿着水面涌动的朝雾使我浑身湿透，无论是脸还是身体都没能幸免。我保持不动，划桨时没能察觉到的声音一丝丝传入耳中。

哔咯咯咯咯……那是白头海雕的叫声，仿佛小鸟的鸣啭。我环视周围的森林，却没有见到它们的身影。

微微的水声从山谷传来。也许那里有条小河，也有可能是瀑布。水的源头，会不会是山顶的冰川呢？

雾气在不断变形的同时，如活物一般穿过树

对照地图探索复杂的多岛海。

在海边的草原偶遇北美灰熊母子。

林，朝我扑来。

我又往前划了一段。划着划着，我看见大雾笼罩的水面上浮着一团巨大的黑色物体。原来是一头睡得正香的座头鲸。

我小心翼翼地划桨，拉近皮筏和鲸鱼的距离。谁知鲸鱼突然惊醒，惊慌失措地躲进海里。那模样真是太滑稽了，像极了人的反应。传说也许就是在这样的瞬间诞生的吧。不一会儿，鲸鱼再次现身于远方，随即融化在海天不分的白色世界中。

密林的树木涌向海滨，海岸离我越来越近了。

啪沙，啪沙……忽然，白头海雕自森林起飞，从我头顶穿过。原来它一直看着我，知道我在接近这座森林。

不久后，皮筏擦着水底的泥沙，在阿德默勒尔蒂岛（Admiralty Island）的海滩搁浅。早鸟的歌声从茂密的森林中传来，太阳一点点升起，雾也渐渐散去了。

我沿着海滩一路往前走。走着走着，便见到了一条来自林中的小河。仔细观察一下四周，果然毫不费力地找到了熊的脚印，直指森林所在的方向。潮水涨上来了，脚印时刻都会被水淹没。

阿德默勒尔蒂岛是熊的天下，有着全世界最高的"熊口"密度。唯一有人住的地方，就是位于岛屿西侧的特里吉特族村庄，安贡（Angoon）。岛屿十分广阔，可是数千年来，岛上的居民始终与熊共生共存，没有刻意开辟道路，也不对历史能追溯到远古时代的森林动一草一木。唯一称得上"路"的，就是郁郁葱葱的原生林中的熊道（Bear Trail）。即便是 21 世纪近在眼前的今天，阿德默勒尔蒂岛依然蒙着神秘的面纱。

我沿着脚印一路走去。刚穿过参天大树，踏进林中，四周便立刻暗了下来，与黄昏无异。眼睛适应过来以后，就能看清被绿色的苔藓覆盖的树木了，看见若隐若现的熊道径直通向森林的深处。

我到底是想遇见熊呢，还是不想遇见熊？我怀揣着自己也说不清道不明的思绪，步步深入。稍有风吹草动，就要停下脚步，环视四周。无数棵树木压得我喘不过气来，甚至让我产生了它们在凝视我的错觉。

然而，熊道是那么自然，又是那么不可思议。走着走着，我渐渐适应了森林的气场，感觉自己是在透过熊的眼睛打量这座森林。不太新鲜的熊粪散落在地，行走时得小心避开。

特里吉特印第安人的神话中，有一个"人类少女和熊结婚生子"的故事。

某年秋天，少女去森林里摘树莓，却不小心踩到了熊粪，滑了一跤。少女把她能想到的脏话都骂了一遍，不料林子里刚好有一只熊，而且离她很近，听见了她的咒骂。一气之下，熊把少女抓回了森林深处的熊村。

　　少女就这样进入了熊的世界。渐渐地，她却对外表与自己截然不同的熊产生了亲切感。后来，她和一只年轻的熊结为夫妇，还生下了两只小熊，过上了幸福的生活。日子一天天过去，"人类少女被抓来熊村"的悲剧也被大家慢慢遗忘了。

　　谁知突然有一天，村子附近传来了耳熟的狗叫声，一家人的幸福时光就此画上句号。原来，那只狗的主人就是少女的哥哥。为了寻找失踪的妹妹，他带着村民一起找到了森林的深处。

　　熊村召开了大会。为了避免和人类起冲突，众熊做出了一个无奈的决定：把这一家子赶出去。一家四口经不住村民的追杀，躲进了山上的岩洞。熊丈夫意识到自己非死不可，便在当晚对妻子说道：

　　"我马上就要死了。你要回到人类的村子里，开创熊的氏族，作为连接两个世界的桥梁。"

天一亮，丈夫便走出岩洞。村民已经在外面守候多时了。他唱着"亡者之歌"，慷慨赴死。少女回到了人类的村子，但她的孩子们忘不了自己出生长大的熊村，回到了熊的世界。过了一阵子，少女改嫁他人，生下了人类的孩子。据说这个孩子的子孙，就成了后来的熊氏族。

阿拉斯加东南部的印第安人，也就是特里吉特族与海达族至今保持着复杂的社会结构。渡鸦氏族与白头海雕氏族还能细分成各种各样的氏族，分别以一种动物为象征。而熊氏族则是渡鸦氏族旗下最为强大的一个分支。相传他们在夸富宴仪式中唱的歌就是为人类妻子赴死的熊丈夫临死前唱的"亡者之歌"。

长久以来，特里吉特族一直在森林的入口获取大自然的恩赐，好比鹿，又好比树莓等野果，但他们绝不会越界，绝不会进到森林的深处。在阿德默勒尔蒂岛的安贡村，人们也照着同样的原

循着熊道

则，过着和熊共生的日子。我在潜意识里把人类与自然的这种神秘的距离感和人熊通婚的神话重叠在一起。

熊道的岔口眼看着越来越多，又走了一会儿，连踩踏的痕迹都变得不那么分明了。不知不觉中，熊道便消失在了森林中。我觉得，这也许就是人间与熊界的一条分界线。其实我们也曾拥有过不可跨越的界线，那就是人类与自然的疆界。

入夜后，我在森林入口附近的河滩搭了帐篷。那是一个阔别已久的晴朗夜晚——仰头望去，便是被漆黑的树木轮廓包围的星空。满天星斗在眨眼，时刻追究时间拥有的意义。一万年前的光在此时此刻抵达地球，无数星星分别释放着它们的光年，这都意味着我们在当下的这一瞬间看到了绵延不绝的宇宙岁月。

在镶嵌于天幕的繁星中，有一个光点在以固

定不变的速度缓慢运动。站在属于熊的远古森林仰望人造卫星，它便会无声地向你诉说人类的存在是多么不可思议，多么可怜可爱。星空的闪烁能在一瞬间讲述宇宙的历史，而人造卫星的光亮也在用同样的方法向我们展示地球走过的一段历史。

北国的星座——北斗七星横在我的头顶。把斗口的两颗星连成线，延长五倍，就能找到北极星了。那是小时候通过一遍遍反刍记住的星空世界。然而再等上一万数千年，连北极星的位置都会被其他星星取代。所有的生命都在不断运动，都在无穷尽的旅途中。就连看似静止的森林，甚至挂在天际的星辰，也不会停留在同一个地方。

我不由思索起了"人类想要知道的终极问题"。一万光年星光背后的宇宙究竟有多深？人类自古以来不懈祈祷的彼岸世界究竟是什么样的？人类究竟在朝怎样的未来前行？人类的存在究竟被赋予了怎样的目的？……我总觉得这些问题之间有

循着熊道

熊的脚印从海边通向森林。

着千丝万缕的联系。

　　然而，要是人类知道了终极问题的答案，我们是会得到继续走下去的力量，还是会丧失前行的动力呢？也许是"想要知道"的念头支撑着我们，而"这些问题不可能有答案"给了我们一条生路。

咕——咕——猫头鹰沉闷的叫声从森林深处传来。直觉告诉我，附近好像有熊，可我只能听见树木在风中嘎吱作响。夜晚的世界总能不由分说地让人类变得谦虚。

各种各样的生物、每一棵树和森林自不用说，连风都是有灵魂的，都在看着我们……以前听过的印第安神话在这座极北的远古森林中超越了神话的领域，向我轻声低语。这一定是因为来自黑夜的呼唤直截了当地诉说着生命那无法明言的神秘的缘故。

熊道尽头的那个世界究竟有多深奥？那份肉眼看不见的深远，应该也与"人类想要知道的终极问题"有着某种联系。

只盼着有朝一日，能再和鲍勃·山姆相伴远行，一起畅游这片被森林与冰川覆盖的土地，畅游那肉眼看不见的世界……

朱诺冰原的夜晚

大地要来了。人们要来了。

大雕把消息捎给了部落。

水牛要来了。水牛要来了。

乌鸦把消息捎给了部落。

—

苏族（Sioux，北美印第安原住民之一）

生活在北美洲西北部沿海地区的夸夸嘉夸族
（Kwakwaka'wakw）的渡鸦器具
（不列颠哥伦比亚大学人类学博物馆藏品）

冰川与冰隙无时无刻不在缓慢运动。

"你有没有听见渡鸦的声音？"

"嗯，听见了……可为什么会在这种地方……"

我环视四周，却没有看见渡鸦。不过它肯定在这附近，因为我们能听见那种不可思议的，仿佛喉咙在震动一般的叫声。

此时此刻，我们置身于耸立在阿拉斯加东南部森林背后的朱诺冰原。我约上鲍勃，和他一同来到了这里。雄伟壮阔的无机质世界，唯有岩石与冰雪……在1万至1.5万年之前，冰河时代的北半球也有着同样的面容。我就是想和鲍勃一起看看这片风景。

这片土地总是笼罩着低垂的云，那天却格外晴朗，傍晚的景色别提有多美了。我们仿佛穿越了时空隧道，误入了冰河时代一般，看着眼前的广阔冰原出了神。

"我明明就住在阿拉斯加东南边，可这却是我第一次踏上冰川。"

"没想到稍微往高处走一点儿，就能冲出森林，闯入冰川的世界了哎！"

3月的太阳沉入遥远的费尔韦瑟山脉，星星慢慢眨起了眼睛。我能感觉到寒气渗进了身体，好在隆冬的寒气早已远去。

"都说人类已经进入了宇宙时代，可我总觉得和生活在今天的我们相比，古人反而对宇宙有着更深刻的认识。这种认识不是知识层面的，而是通过和自身的存在密不可分的神话实现的……"

"想当年，特里吉特族把一年看成月（moon）的循环流转。比如2月是黑熊月……因为黑熊在那个时候生崽……"

我们坐在石头上，俯瞰着朱诺冰原聊天，也不知道是谁先起的话头，回过神来才发现，新月已经从山肩升了上来。无数颗星星成了天幕的绝佳点缀。一停嘴，沉默便如潮水般冲出夜晚的冰川，朝我们涌来。

鲍勃伫立于黄昏的朱诺冰原。这
是他这辈子第一次踏上冰川。

"你说这片冰川会不会也消失不见，放任森林长到这里啊？"

"不好说啊……这么大一片冰原居然会消失，我有点想象不出来……再说了，要是冰河时代又来了呢？地球再一次变冷，让阿拉斯加东南部被冰雪覆盖的那一天会不会来临呢？"

俯瞰无垠的大冰原时，另一幅阿拉斯加地图在我的脑海中徐徐展开。那是最后的威斯康星冰期，也就是距今 1.5 万年前，白令陆桥（Beringia）还连接着欧亚大陆与北美大陆时的风景。

蒙古人穿越干涸的白令海形成的平原，从亚洲来到了阿拉斯加。然而在那之后的数千年里，厚重的冰墙挡住了他们的去路。谁知在 1.2 万年前，靠近大西洋的洛朗蒂德冰盖（Laurentide Ice Sheet）与靠近太平洋的科迪勒拉冰盖（Cordillera Ice Sheet）因全球气候变暖而逐渐缩小，于是乎，拦路的冰墙中出现了一条狭窄的通道，人称"无

鲍勃俯视云海。费尔韦瑟山脉矗立在遥远的彼方。

冰走廊"。多亏了这条走廊，蒙古人才真正走进了北美大陆。而我们眼前的这片朱诺冰原，就是科迪勒拉冰盖留下的痕迹。曾经的冰墙肯定就在冰原的那一头。我仿佛能看见当年的蒙古人是如何沿着冰墙的夹缝慢慢南下的。

　　问题是，构筑起图腾柱文化的特里吉特族和海达族究竟来自何处？不同于爱斯基摩人和阿萨巴斯卡印第安人，他们定居在无法通过"无冰走廊"抵达的海岸线。即便是今天，这里依然因朱诺冰原与世隔绝，不难想象当年的科迪勒拉冰盖肯定更加广阔，应该把所有的路都堵死了才对。恐怕他们是进一步南下之后，再沿着海岸线一路北上的吧。

"也许我们有一些日本人的血统。有一个口头传说能让人联想到这种猜测。"

鲍勃无意间提起的这句话一直在我耳边打转。而特里吉特族的长老留下的是这样一个故事——

"很久很久以前，一群人被海流冲到了威尔士亲王岛西南边的多尔岛（Dall）。他们被称为'韦舒沙雅德'（这个词的意思似指某种特别古老的生物）。据说这些人就是今天的塔克韦德氏族（Teikweid）的祖先。"

渡鸦与狼是特里吉特印第安人世界的两大核心氏族[7]，而塔克韦德氏族是狼族最古老，也最重要的一支。许多长老坚信，塔克韦德的祖先是来自大海的异邦人，也是第一批定居在这条海岸线的人。换言之，他们认为和那些为了大海的资源从内陆地区迁徙到海边的本土印第安人相比，异邦人更早到达这片土地。后来，两拨人融为一体，然后才分化出了特里吉特族与海达族。

如果真是这么回事，那故事中的异邦人究竟是谁呢？他们又是在什么时候被大海冲上岸的呢？

根据提到这段往事的口头传说，异邦人的领袖是一对姐妹，两人各有一批追随者。妹妹带着她的追随者南下至夏洛特皇后群岛，他们的后代就是今天的海达族。而姐姐和她的追随者留在原地，与翻山越岭走出内陆的原住民走到了一起，他们的子孙就成了今天的特里吉特族。而塔克韦德氏族正是姐姐的直系后裔。据说两个部族在节庆活动或葬礼上相遇时，海达族（妹妹的后代）一定会把更有力量的位置让给特里吉特族（姐姐的后代）。

极光降临冰川。流星划破
天际，穿过漫天星斗。

这个口头传说让"海洋印第安人有亚洲血统"的猜测多了几分现实感，说不定也暗示着他们为何能在短时间内构筑起如此高水平的文化的原因。

自远古时代起，流转于北太平洋的海流——黑潮就一直在转圈，仿佛是在寻找出口一般。海流的一部分在沿日本东岸北上的同时穿过白令海，剩下的主流则会化作黑潮，流经阿拉斯加南部，然后划出一道弧线，南下朝不列颠哥伦比亚奔去。之后会有部分海流朝东边的夏威夷方向冲去，逐渐失去明确的方向。但主流会朝着赤道继续南下，径直冲向关岛和台湾，接着重新北上，通过日本的东岸。

有史以来，有多少船只因为失去了船舵或船桨，被这股强大的黑潮冲走，从此再无消息？想必他们中的大多数最终葬身鱼腹，消失得无影无踪了。但其中肯定也有幸运的幸存者，漂到了堪察加、阿留申和阿拉斯加南部的海边。而这些幸存者中也必然有人躲过了原住民的屠刀，活了下来。他们定是接受了这辈子再也无法回归故乡的命运，选择与这片陌生土地的子民共生共存。倘若真是如此，他们会不会将新鲜的血液注入本地原有的文化呢？漂流民的历史究竟能追溯到什么时候呢？

"刚才有颗流星哎……"

"嗯，我看见了……其实刚才就有流星了，都数不清这是第几颗了。"

群星愈发闪耀。流星在它们中间轻轻画出一条线，随即消失。片刻前，风还把帐篷刮得哗哗作响，此刻却是一点儿风都没有了。

"看着这片冰原，你会不会觉得冰河时代根本不是什么很久很久以前的事情啊？人类的历史肯定也是一样近的。说不定啊，蒙古人从亚洲来到阿拉斯加，也不过是昨天发生的事情……"

朱诺冰原的夜晚

"我们真的不知道特里吉特印第安人到底是从哪儿来的……虽然关于这个主题的传说有很多很多……"

也许是夜晚的冰川在推波助澜吧，我们的想象超越时空，无边无际。鲍勃是说过"也许我们有一些日本人的血统"，但这里的"日本人"也许指的是更宽泛的"亚洲人"。不过一开始思考这件事，漂流船的故事总会掠过我的脑海。

天保九年（1838）11月，一艘帆船遭遇暴风雨，被黑潮冲出了江户时代的日本。这艘船名叫"长者丸"，船上载着用于售卖的水，从富山出发，途经箱馆，最终目的地是大坂。[8]

谁知天有不测风云，拉着帆的绳索断了。失控的"长者丸"慢慢漂向外海，连最后一片陆地金华山都消失在了水平线的那一头。"我们到底会漂到哪里去？"——10名船员一无所知。他们失去了希望，唯一能做的就是太太平平地漂着，最后漂到某块陆地的岸边。在这片汪洋大海的尽头，真的有"外国"存在吗？自己到底能撑多久？他们不得不将生死托付给这股海流。

不久后，船上储备的大米和水都见了底。气温逐步下降，还下起了雪。原来，黑潮把"长者丸"一点点运向了阿拉斯加。

船员们在海上迎来了新年。他们瘦得皮包骨头，一个接一个断了气，甚至有人投海自尽。仅剩的船员只得靠海带和雨水充饥。除了等死，他们什么都干不了。

没想到某天早上，一个小山包似的东西浮出了水平线。那是一艘美国的捕鲸船，叫"詹姆斯·洛珀号"。身着奇装异服的洋人把大船开到"长者丸"附近转了几圈，然后派出一艘小船靠了过来，登船查看情况。船员们都虚弱得站不起来了，只能瘫着完成与美国人的会面。江户时代的

渡鸦现身于被大雾笼罩的朱诺冰原。

日本与世界就在无法交流的状态下完成了第一次亲密接触。

之后，船员们上了异国的船，去了堪察加与阿拉斯加的锡特卡。在 5 年后的 1843 年，一行人终于回到了日本。在他们的见闻录中，年轻船员次郎吉的存在尤其值得关注。他不光心思细腻，用心汲取了形形色色的体验，记住了每一个细节，还发挥出了高超的美术天赋，将记忆转化成了画作。他笔下的锡特卡风光，还有特里吉特印第安人的模样，都为我们生动展现了当年的阿拉斯加，直教人浮想联翩。

然而，"长者丸"漂流记中最吸引我的元素既不是次郎吉，也不是见闻录，而是将船拽出日本，送往北太平洋的黑潮。在比江户久远得多的年代，会不会也有被黑潮掳走的"长者丸"呢？而且类似的事情可能不止一两次。也许这股海流把一艘又一艘的"长者丸"送去了陌生的世界。

凝视朱诺冰原的时候，我总会幻想当年的蒙古人渡过白令陆桥，通过这片冰原尽头的"无冰走廊"的模样，还有来自大海那头的另一批蒙古人踏上漫漫旅途的情景。因为广阔冰原与茂密森林的世界，就是将潮湿的大气拍向海岸山脉，带来每年 4000 毫米的降水，一手缔造源源不断地从亚洲奔来的海流。

"有极光……"

听到鲍勃的声音，我抬眼望向北方的天空，只见一缕亮光正在微微摇摆。

"太走运了，真没想到能在朱诺冰原看到极光！"

我们坐在帐篷跟前的雪地上，望着在冰原的那一头飘舞的神秘光带。在一万数千年的遥远往昔，来自亚洲的蒙古人是不是也跟今夜的我们一样，在极光之下一路向南呢。

"新时代会是什么样的呢……"

聊到不满 3 岁的独生女，鲍勃忽然喃喃道。眼看着新世纪就要到来，他的话里暗藏着忧虑——"人类将迎来一个怎样的时代？"

"是啊……会是一个什么样的时代呢……"

我们怀着不同的心事，搜寻新时代的风景。极光仿佛是在黑暗中若隐若现的未来，在北方的天际时而出现，时而消失。

第二天早上爬出帐篷一看，四周已被浓雾笼

罩。朱诺冰原沉入白色的面纱，唯一能看见的就是近处的石山了。

我又听见了不知从何处传来的渡鸦叫声。这个无机质的世界里为什么会有生物存在？回过神来才发现，山峰上停了一只渡鸦，它正俯视着我们。

艾斯特·谢伊的话语

大地躺下了。

大地的灵魂躺下了。

所有生物装点着它的表面。

神圣的话语躺下了。

—

纳瓦霍印第安人（Navajo Indian）的歌谣

萨克斯曼村（Saxman）的渡鸦图腾柱

夕阳下面朝大海的图腾柱。

早春的暖阳洒满咖啡厅，屋里弥漫着咖啡的醇香。这就是阿拉斯加东南部小镇凯奇坎（Ketchikan）的早晨。我随手翻看前一位客人忘在桌上的早报，没想到看着看着，就被一篇报道吸引住了。

"巴西亚马孙河畔洞窟内发现古代居住遗迹"
（4月19日《凯奇坎每日新闻》）

我边啜咖啡边往下看，越看越入迷。因为这几天一直有个问题在我脑海中打转，而这篇文章启发了我，仿佛是有人故意把报纸留在这儿让我看似的。

"科学分析的结果显示，在亚马孙流域发现的箭头、鱼骨与壁画可以证明人类早在1.12万年前就已经在亚马孙定居了。这与亚洲狩猎民族随猛犸象踏上北美大陆的时间几乎相同。也许这一发现会彻底推翻统治学界多年的蒙古人南北美洲大陆迁徙说……"

我刚去过凯奇坎郊外的萨克斯曼村。那是一座历史悠久的特里吉特族村庄。我在那里见到了即将迎来八十大寿的长老，艾斯特·谢伊。

艾斯特不仅受到村民的爱戴，在村外的特里吉特人中也极有人望。在新时代的浪潮滚滚而来的当下，许多人渐渐迷失了自我，搞不清自己到底是谁。在族人眼里，全身心传承特里吉特族古老传统的她，就是留给他们的最后一块指南针。

我一边看早报的文章，一边回忆起艾斯特见到我以后说的第一句话。

"想当年我还很小的时候，我的奶奶常说，她也不知道我们特里吉特族到底是从哪儿来的……"

艾斯特就好像一直在等我上门似的，拿出一本提前翻开的书。指着那一页上的照片，问道：

"这些人到底是谁啊……"

她仿佛是看准了机会,抛出了酝酿已久的疑问。

照片的主角是日本的阿伊努人。艾斯特应该没把自己的祖先和这张照片联系在一起。作为灰熊氏族的后代,她也许是有些纳闷,不知道为什么在遥远的亚洲会有一群和他们拥有同样信仰的人。但我能感觉到,她心里始终怀揣着一个根源性的问题:我们究竟是从哪儿来的?

在最后的威斯康星冰期,蒙古人穿越干涸的白令海形成的草原即"白令陆桥",从北亚来到了新大陆。可当时的北美有一半被厚重的冰层覆盖,以至于人们在长达数千年的时间里无法走出阿拉斯加。直到 1.2 万年前,由于全球气候变暖,冰盖间出现了一条被称为"无冰走廊"的通道。人们一直以为,蒙古人就是靠着这条走廊一路南下,抵达了遥远的南美。

艾斯特·谢伊与孩子们。摄于族屋前。

然而，亚马孙洞窟里的古代居住遗迹和其他南美大陆的新发现，为蒙古人的迁徙路径打上了一个问号。因为在第一批北美原住民跨过白令陆桥来到北美的时候，南美已经有了人类的踪影。换言之，他们很有可能不是走白令陆桥过来的蒙古人，他们是用截然不同的方法千里迢迢来到了南美。这个"截然不同的方法"，就是"走沿着陆地的海路"。说不定是海流以惊人的速度，将人类送去了新天地。

海洋民族特里吉特人的路径却偏离了无冰走廊，至今背靠为冰川所覆盖的山岳地带。他们究竟来自何方？也许我们能在大海中找到线索。但艾斯特的故事，又让我联想到了光靠大海无法解释清楚的蒙古人的漫漫征程。

"在古老的传说里，我们灰熊氏族的祖先在大洪水的时候翻山越岭，顺流而下，终于抵达了海岸线。半路上遇到了冰川，从冰川底下钻了过来。"

我在古老的文献里读到过类似的传说，也有"从冰川底下穿过"的情节，但之前从没听人说过。文献里记载的是某个氏族口耳相传的故事……

　　"……祖先们翻山越岭，顺着斯蒂金河一路漂流。他们的人数并不多。漂着漂着，只见河水流进了冰川下面，无路可走了。大伙只得在那里野营，商讨对策。最终，他们决定让一位年轻人走到河水流出冰川的地方，再让两个老婆婆划独木舟从冰川下面穿过去，看看能不能平安出来。

　　"两位老人在头上插了桧树枝和鸟的羽毛。这是为了测量冰川底下的空间有多高。她们坐进独木舟，唱起离别的歌谣。直到今天，本族的人仍会在临死前唱这首歌：

　　　　离开岸边吧
　　　　让年轻人找到新的家园

威尔士亲王岛是神话的故乡。

在村中找到的岩画。画的到底是谁呢？

艾斯特 · 谢伊的话语　　　　　235

离开岸边吧

让年轻人慢慢变老

嘿，嚯，啦……

年轻人在冰川出口等了又等，总算看见了老婆婆们的独木舟。独木舟乘着水流而来，两人平安无事。老婆婆们对年轻人高呼：'放心吧！能穿过来！'年轻人连忙回去报信。于是乎，所有人都穿过冰川，来到了新的家园。他们在歌唱：

敬重新世界 走进新世界

怎会怀念故土

鲸鱼现身眼前"

阿拉斯加东南部的海洋民族恐怕源自两批蒙古人，他们有着不同的迁徙路径，一批来自内陆地区，另一批则来自大海。

在查阅古老文献的过程中，总有一套学说在我脑中挥之不去。在大约 100 年前，有个叫利万德·琼恩斯的人提出了一种猜测。

"在我看来，太平洋群岛和阿拉斯加原住民的祖先来自亚洲。他们沿着堪察加的海岸线迁徙，最终抵达美洲。而且这些亚洲人主要出自日本……"

我在萨克斯曼村逗留了一星期，倾听艾斯特·谢伊的人生故事。她在美国同化政策的阴影下度过了童年。当时有众多阿拉斯加原住民出身的孩子被送往寄宿学校，一旦使用本族语言，就会遭到体罚。也就是说，她经历了特里吉特印第安人的文化被彻底否定的半个世纪。后来时过境迁，阿拉斯加原住民的文化逐渐受到了世人的关注。可惜在那个时候，特里吉特族的语言和文化已经消失殆尽了。为了将尽可能多的本族语言传给下一代，小学开设了特里吉特语课程，请艾斯特去当老师。她如此回忆当时的情景：

"我站在孩子们面前，心里怕得要命。因为在过去的 40 年里，我一直将特里吉特语封存在自己心里。这么多年过去了，我还说得出口吗？"

但今时不同往日。为了将本族语言传给下一代，艾斯特·谢伊几乎拼上了老天留给她的所有时间。不，她要抢救的不光是语言，还有她自己传承下来的特里吉特族文化。

"还记得小时候，父母经常对我说，'无论时代怎样变迁，无论你洗多少次脸，特里吉特印第安人的血都不会被洗掉'……"

艾斯特走过漫长的心路历程，终于回到了和自己血脉相通的故乡。也许她就是因为这个才对民族的历史产生了更强烈的兴趣——"我们到底是从哪儿来的？"

告别萨克斯曼村之前，我飞越了特里吉特族

艾斯特·谢伊向凯奇坎居民传授特里吉特族的传统药草知识。

夕阳西下，萨克斯曼村的孩子们在族屋前玩耍。

萨克斯曼村的图腾柱。腐朽殆尽的渡鸦令人印象深刻。

神话的故乡，多尔岛。相传在很久很久以前，从海外漂来的人就是在这里上的岸。被密林覆盖的小岛渺无人烟，唯有太平洋的汹涌波浪拍打着岸边。

我的思绪飘回了几天前。那日，我在凯奇坎见了一位考古学家。他刚启动一个发掘调查项目，调查地正是这座多尔岛。聊着聊着，我突然向他抛出了萦绕心头已久的疑问。因为我一直都想找个机会、找个人问问看。

"渡鸦神话不是特里吉特族和海达族的专利，阿萨巴斯卡印第安人也有，连爱斯基摩人都有，为什么会这样呢？我原本一直觉得，这是个不可思议的巧合。但我现在渐渐冒出了另一种猜想——也许那不是巧合，而是因为他们的祖先都怀揣着渡鸦的神话，从亚洲来到了新大陆，您说呢？"

艾斯特的儿子伊斯莱尔为母亲雕刻的图腾柱。

艾斯特 · 谢伊的话语

渡鸦一路向北

闪闪发亮的水流过小溪与河川。
那不是普通的水，而是我们祖先的血。
每一片倒映在湖面上的模糊阴影，
都诉说着我的部族所经历的事件与回忆。
微微的水声，是我父亲的父亲的声音。

—

西雅图的酋长

渡鸦雕塑
（不列颠哥伦比亚大学人类学博物馆藏品）

刚从冬眠中苏醒的青芝河。

在 5 月的某一天，育空河从冬眠中苏醒。原野上，冻结整整半年的大河化作无数冰块，流动起来。这便是宣告春天降临阿拉斯加大地的瞬间。

发源于加拿大西北部的育空河由东向西穿越阿拉斯加中部。滔滔河水的最终目的地，是遥远的白令海。到了夏天，便有许许多多大马哈鱼沿着这条大河逆流而上，而它也为生活在阿拉斯加内陆地区的阿萨巴斯卡印第安人带去了难以估量的自然恩泽。恩泽持续了数百年、数千年……不，一定是数万年。而且阿拉斯加最古老的居住遗迹都集中在育空河两岸，这一发现也间接暗示了蒙古人穿越白令陆桥之后的迁徙路径。

我决定离开被森林与冰川覆盖的阿拉斯加东南部，告别特里吉特印第安人的世界，往北走一走。各个民族是怀着怎样的念想凝视自然的，又在祈祷些什么？换句话说，为什么连阿萨巴斯卡印第安人和爱斯基摩人都有同样的渡鸦传说？这个问题一直在我脑海中打转。直觉告诉我，在这个巧合背后，一定存在某种深远的故事。

阿萨巴斯卡族堪称"极北的印第安人"，生活在阿拉斯加内陆的广漠原野。阿萨巴斯卡族可按语言细分为塔纳诺族（Tanana）、科尤康族、库钦族（Kutchin）等若干个种族。他们被北面的爱斯基摩人和南边的特里吉特印第安人夹在中间，定居在远离海洋的内陆，条件十分恶劣，却逐步构筑起了充分顺应内陆自然环境的独特文化。20世纪初，人类学家斯万顿⁹搜集了一系列特里吉特族民间传说，其中有这样一段话：

渡鸦飞过来告诉我们，山的那一头也住着一群印第安人，叫阿萨巴斯卡族……然后，渡鸦就飞回了那片土地……

我很想见一见即将在今年迎来 96 岁生日的阿

流过阿拉斯加的原野，汇入白令海的育空河。

萨巴斯卡族长老，彼得·琼恩。他当过塔纳诺族的 chief（酋长），在阿萨巴斯卡族社会极有人望。我在许多印第安人集会上见过他。他的演讲总是聚焦孩子们的未来，充满了力量与担忧。我远远凝望着他，心想，"这就是即将消失的最后一位酋长。"作为领袖，彼得·琼恩就是有如此强大的人格魅力。我偶尔会在在费尔班克斯见到与夫人一

夏天一到，成群结队的大马哈鱼如惊涛骇浪一般沿着育空河逆流而上。

同进城的他。两位印第安长老都释放出了不可冒犯的存在感。

然而，上一次见到彼得·琼恩已经是好几年前的事了。他还好吗？去年冬天，与他相伴 70 年的妻子艾尔希去世了。这件事上了阿拉斯加各大报刊的头版，极大地震撼了每一座印第安人的村庄。人们心目中无可替代的明星就此坠入原野。

北美驯鹿行走于阿拉斯加北极圈的原野。阿萨巴斯卡印第安人自古以来便与驯鹿共生共存。

阿萨巴斯卡族的女士们。据说三人是发小。

　　我通过好几位印第安朋友，联系上了彼得·琼恩的家人，得知 96 岁高龄的长老还很硬朗，而且他愿意见我。我立刻从费尔班克斯启程，仿佛是在追赶即将远去的一个时代。

　　彼得·琼恩所在的明图村坐落于育空河与塔纳诺河之间的广阔湖沼，现在通了一条直达费尔班克斯的路，但沿途 300 千米的原野上没有一栋民宅。在途中的山岭停车俯瞰，视野中便是无数闪闪发光的湖沼，这正是"明图"在阿萨巴斯卡语中的意思。这里驼鹿、麝鼠、水鸟等自然资源极为丰富。据说育空河边的印第安村庄都知道，一旦遭遇饥荒，就往明图的湖沼地带迁徙，这样便能平安渡过危机。

那是一座典型的阿萨巴斯卡族村庄，小巧精致的木屋一栋挨着一栋。彼得·琼恩都不知道我是谁，却从早上一直等到我来。我推门进屋，只见长老就坐在屋里。他果然上了点年纪，早已不是当年那个字字铿锵的演讲者了，但包容万物的人格魅力依然如故。

"你是来做什么的呀？"

这是彼得·琼恩对我说的第一句话。他面带微笑，语气温柔。可我不知道该怎么解释才好。因为我只是想见见他，见见在这片原野生活了近

库钦族（阿萨巴斯卡印第安人）的村民们。他们是根据季节随驯鹿迁徙的狩猎民族。

一个世纪的"最后的印第安人",感受一下那终将化为传说的气息。

"我是驯鹿氏族的……"

与许多阿拉斯加原住民长老一样,彼得·琼恩的英语说得不太清楚,得竖起耳朵仔细听才能听明白。不过我很肯定他说了"驯鹿"这个词。阿萨巴斯卡族与特里吉特族明明是完全不同的两个民族,却不约而同地用生物的名字区分氏族。也许曾几何时,他们也有过和现在的特里吉特族一样俨然有序的世界。

"在我去世的时候,一切的一切都会跟我一起死去,我的意思是所有的故事……"

彼得·琼恩忽然沉默了,仿佛他已陷入了沉思。我不知所措。但他的沉默,其实也是另一种语言。

后来,长老用低语般的声音唱起了歌谣。旋律中带着几许悲痛。那是自古以来代代相传的歌谣。要是这首歌能一直唱下去该有多好……我试图将它铭刻在记忆中。

"这是驯鹿之歌……"

长老如此说道。

"歌词是什么意思啊？"

可长老没有作答。

"你不懂我们塔纳诺族的语言，所以我实在没法跟你说。"

在这座村子里，已经没有人会说塔纳诺语了。"故事的消亡"，说的就是这么回事。

我们离开小屋，走到河边的长椅。我搀扶着他，可他的身体是那么结实，我简直不敢相信这是一位 96 岁的老人。而结实的触感背后，是在原野度过的一辈子。

站在河堤往下看，北极地区的原野早已迎来了春天。候鸟从高空飞过，早春的微风轻拂脸颊，很是舒服。

"我这一辈子，都是按印第安人的法子活的。一切都变了……想当年，连生存都很艰难。人们不会在同一个地方停留一个星期，总是一边打猎，一边迁徙。大家相互帮助，相互尊敬……可现在不一样了，一切都变得轻松了，人也慢慢变了……以前要以物换物，得翻过山谷，走到圈子那里。一走就是整整 500 千米。大家觉得这也没什么大不了的。"

我曾被人迹未至的阿拉斯加原野深深吸引。坐塞斯纳飞机飞上好几个小时，俯瞰渺无人烟的原野，连连惊叹。但我错了。自远古时代起，没有留下足迹的人们便让故事充满了阿拉斯加的原野。此时此刻，我能清清楚楚地想象出，来自北亚的蒙古人是如何穿越了这片广漠的原野。

"能和我聊聊您和艾尔希的回忆吗？"

"去年 12 月，我的妻子死了……对了，今年

96 岁高龄的阿萨巴斯卡印第安人长老彼得·琼恩。

秋天要给她办夸富宴的……我们成婚那年，她 16
岁，我 25 岁。我们对对方一无所知，但这桩婚事
是我们小时候就定了的。以前都是这样的。活下
去是最重要的事情。婚后没多久，我们就去捕鱼
小屋（fish camp）打大马哈鱼了。"

我还依稀记得艾尔希生前的模样。

"我教你一个印第安词语吧。"

"好……"

"绰萃因。"

"是什么意思啊？"

"爱。"

我在脑海中一遍遍复读，生怕把它忘了。

"您的部族有关于渡鸦的传说吗？"

这个问题也许触及了此行的核心。彼得·琼恩沉默片刻后说道：

"……很久很久以前，人们刚从育空河下游来到这片土地的时候，所有人分成了三个部族，纷争不断。后来，是渡鸦（Raven）统一了他们……"

我不知道他到底在说什么。三个部族分别指谁？纷争究竟是怎么回事？"很久很久以前"是数千年前吗？……但我没有追问。倒不是因为我无法明确理解长老的只言片语，只是我现在只想安安静静地听着罢了。

"……那时，人与动物是没有区别的。是渡鸦把名字赐给了各种各样的生物……渡鸦是这个世界的造物主。"

长老说，这首歌不是人类所作。说完，他便又轻声吟唱起来。闭上双眼的彼得·琼恩已经离开了现世，去往另一个世界了。

这一趟真没白来。虽然彼得·琼恩想要讲述的故事，我连一半都理解不了……

我在滔滔的育空河尽头感觉到了渡鸦的呼吸。有某种东西如水流般绵绵不息。渡鸦之旅（Raven Journey）……我在口中再一次重复这个早已萦绕在心头的词组。

海底的村落遗迹

祖先的生命是风的赏赐。
竖起指尖，我们便能知晓风的轨迹。

—

纳瓦霍印第安人

渡鸦哗啷棒
（不列颠哥伦比亚大学人类学博物馆藏品）

上：在满月之夜于冰海追逐鲸鱼。人类在大自然中建立的生活是如此美妙。
下：把捕到的鲸鱼拖上岸。

"在很久很久以前，哪儿都没有低而平坦的土地。人们生活在耸立于科策布（Kotzebue）海湾东南部的伊利斯加斯科山上。可突然有一天，天空与大地的造物主渡鸦划着皮筏，看见在遥远水平线的另一头有个黑乎乎的东西在动，带起阵阵涟漪。渡鸦把皮筏划到它附近，射出一支鱼叉，伤口顿时喷出鲜血。没过多久，那东西就死了。渡鸦连忙织出一张拉网，把它拉去了维鲁克南边的山，拴在山脚下。第二天睁眼一看，那东西竟然变硬了，成了一片大地。直到今天，特奇拉克的土地上还有一个不可思议的洞，那就是渡鸦的鱼叉刺中的地方。波因特霍普（Point Hope）村就是这么来的。"

（摘自 1952 年奥斯塔曼收集的民间传说）

阿拉斯加内陆地区的育空河早已流动起来，眼前的白令海仍被冰层覆盖，密不透风，这边的春天来得可真晚啊。我把额头贴在窗玻璃上，每每发现冰间水道（lead），都要睁大眼睛，搜寻鲸鱼的身影。

每年 4 月到 5 月，风与潮流的力量会让白令海表面的冰层开裂，因此出现的狭窄水道就是所谓的"冰间水道"。每到这个时候，途经白令海前往北冰洋的北极鲸都会沿着冰间水道赶路，以便呼吸。爱斯基摩人则会守在村庄附近的水道边，静候鲸鱼现身。鲸鱼在 6 月也会来，只是那时冰间水道已经和冰一起消失了，只剩汪洋大海。对爱斯基摩人而言，冰间水道就是转瞬即逝的自然恩赐。没有这些狭小的海面，他们就打不了鲸鱼。是自然赏了他们一口饭吃。

波因特霍普村离我越来越近了。十多年前，我曾和这座村庄的居民一起出海，见识了传统的捕鲸法。人们划着用海豹皮做的爱斯基摩皮筏（umiak）追赶鲸鱼，拉它上岸，再围在它周围献

海底的村落遗迹

波因特霍普村的墓地，鲸鱼骨林立。

上祈祷。一通肢解之后，只剩下巨大的下颚骨。村民们一面将骨头丢还给大海，一面喊道："明年也要回来啊！"……那段经历令人印象深刻，促使我思考"自然与人类的关系"。

在天上俯瞰波因特霍普，那荒凉的景象给我留下了深刻的印象。暴风雪呼啸一整个冬天，大海与陆地的界限也因为海面的冻结而消失了，大地化作一片雪白的世界。据说某位在冬天造访了波因特霍普的气象学家表示，"这是全世界最让人不舒服的土地。"然而对爱斯基摩人来说，世上就没有比这片土地更丰饶的世界了。自古以来，人们便把这座朝白令海凸出的小小半岛称为"特奇拉克"。在爱斯基摩语中，这个词是"食指"的意思。

伸入白令海的半岛好似小小的防波堤。它仿佛是上天赐予人类的狩猎点，在这里蹲守前往北冰洋的海象、海豹、白海豚、白熊和黑露脊鲸等海洋动物真是再合适不过了。

1778 年，有史以来第一个在这片海域航行的欧洲人库克船长（James Cook）完美地错过了由低矮的草原组成的特奇拉克。在北美的人类史中，这片小小草原所拥有的意义恐怕是最重要的，库克船长却与它失之交臂。

一眨眼到了 19 世纪，英国人比奇船长（Frederick Beechey）率领的探险队成了第一批踏上这片土地的人。他们在耸立于特奇拉克南部海岸线的岩壁地带登陆，将那里命名为"汤普森海角"（Cape Thompson）。比奇在岸边遇见了爱斯基摩人，造访了他们的小村落。他在当时的日记中写道：

"登上汤普森海角的山崖往下看，只见草原上有块地方鼓了好几个包，轮廓犹如海浪，还有许多桩子似的东西插在地上，仿佛林中的树木……"

原来，那是曾经生活在特奇拉克的人留下的居住遗迹，比他造访的村庄还要古老。他提到的

"桩子"，恐怕是用于支撑土砌 igloo（圆形小屋）的鲸鱼肋骨。

历史悠久的居住遗迹是被发现了，然而在接下来的 100 多年时间里，白人并未对这片荒凉的土地表现出太多的兴趣。直到 1939 年，考古学家路易斯·基廷首次率领科考队前来考察，发现了教人难以置信的史迹……

当时，特奇拉克的古老居住遗迹已经被村民挖开了，破坏得一塌糊涂，就像有人在那儿丢了颗炸弹似的。人们把发掘出来的古代工艺品卖给科研人员和博物馆，换取现金。基廷与队员们也得到了村民的帮助，埋头发掘所剩无几的遗迹。

某日傍晚，忙活了一天的基廷扛着铲子，沿着海岸线没精打采地往营地走去。火红的夕阳即将沉入地平线，那景象真是美极了。基廷决定找个小山丘休息一会儿，然而在眺望草原的时候，他发现眼前的风景好像有点儿不对劲。放眼望去，海岸线的高地竟呈现出极有规律的起伏。基廷一遍遍告诉自己：不会的，不会的，那肯定是典型的苔原地貌，是北极圈冬夏两季的温差引起地面收缩造成的……可与此同时，某种奇特的激情涌上心头。自问自答无数次以后，他一咬牙一跺脚，抱着"挖挖看又不会少块肉"的念头，抡起铲子在海岸边挖了起来。

他就这样发现了一片壮观的居住遗迹，足有六七百户之多，原封不动保留了数万年。即便是在北极圈，如此大规模的遗迹都是前无古人后无来者的。原来，特奇拉克（也就是今天的波因特霍普村）是北美最悠久的人类定居点。人类在这片土地生活的历史连绵不绝。论悠久，连金字塔都无法与它比肩。

波因特霍普的村民们让人格外怀念……此行的目的，是拜访村中仅剩的几位长老。21世纪近

最后一代真正意义上的"爱斯基摩人",卡克长老。

在眼前，长老走了一位又一位，波因特霍普也即将迎来一个时代的终结。与大自然共存的生活并没有改变，但代代相传的传说世界定会渐渐消亡。所以我想听尚在人世的长老们讲讲渡鸦的故事。

"哦，那你去找卡克长老吧。他的耳朵有点儿背，但没有人比他更了解古老的传说了。"

我听从村民的建议，拜访了年过80的卡克长老。毕生与严酷的大自然相伴的老人有着分外柔和的表情。

"请问波因特霍普村有没有和渡鸦有关的古老传说呀？"

"啊？……你说啥？"

"我这次来波因特霍普，是为了打听爱斯基摩人代代相传的渡鸦传说。"

"你以前来过我们村子吧？我记得你……"

"对，那都是十多年前的事了。我跟大

与鲸鱼共存的爱斯基摩人罗利·金吉克的墓。

家一起去打鲸鱼来着……我想请教您，您有没有听老一辈提起过和渡鸦有关的传说啊？"

"渡鸦……"老人思索片刻，用写满慈爱的表情说道，"不知道哎……"

我拜访了好几位长老，却没有一个人知道渡鸦的传说。

走在村中的马路上，开着雪地摩托和四轮车

海底的村落遗迹

（适合在苔原行驶的四轮摩托车，轮胎很大）的村民们纷纷向我招手打招呼。村里有了像样的学校，唯一的食品店也扩大了规模。传统的狩猎生活与活在新时代的人们的日常起居在这里交融。

人们的生活在不断变化。也许在这个过程中，我们会失去一些东西，但日子的确在朝着我们想要的富足发展。狗拉雪橇变成了雪地摩托，因为人们选择了这种富足。不过富足中永远都包含着某种悖论。"还是以前好"——这样的怀旧情绪无法催生出任何东西。那故事呢？故事真的只是怀旧的产物，不具备任何现实的力量吗？

"知道陈年往事的长老们都不在了。没办法啊……"

一天，我见到了老友亚尔·金吉克。他会跳阿拉斯加最具力量感的传统爱斯基摩舞蹈，是村子的核心人物。聊着聊着，他提起了一件很有意思的事情。

"有一次，我们去格陵兰的爱斯基摩村跳舞，没想到那边的长老说，在我们唱的那些歌里，有一些是他听过的。好比我们跳捕鲸舞时唱的那几首歌，就是从数千年前传下来的……"

这是不是意味着，渡过白令陆桥的蒙古人带着同样的鲸鱼之歌，一路走到了格陵兰？

告别波因特霍普的日子越来越近了。一天傍晚，我来到村外的海岸线散步。从白令海涌来的雾仿佛在沿着大地爬行，时隐时现。眼前的苔原刚好有些隆起，我便站了上去，希望能看到远方的冰间水道。在极为平坦的北极苔原，只要把视线提高一米，视野便会开阔不少。我完全没意识到脚下的隆起是什么。

站在上面扫视海岸线，却发现放眼望去净是同样的起伏，极有规律。原来，我的脚下就是被土砌小屋撑起的古代居住遗迹。莫非在波因特霍

冰河时代的幸存者——麝牛成群结队冲过
早春的雪原。它们身后就是白令海。

普发现的爱斯基摩世界最大规模居住遗迹，指的就是这条海岸线吗？

白令陆桥的草原已经消失了。今时今日，海平面仍在缓缓上升，蚕食着阿拉斯加西北部的海岸线。换言之，远古时代的特奇拉克遗迹已经有99%沉入了海底。

我想起了在白令海上的孤岛圣劳伦斯岛（St. Lawrence Island）度过的那些日子。没有哪个地方比那座小岛更能让人感觉到白令陆桥的存在。证明四千到五千年前有人在此生活的贝冢随处可见，村中长老讲述的传说都是西伯利亚爱斯基摩人的故事。

那年打到的海象很少。收留我的村民提出，要穿越白令海，去西伯利亚打海象。我简直不敢相信，还没反应过来，就在一个风平浪静的早晨坐进了他的小船，踏上了征程。不一会儿，小岛便看不清楚了。我们试图穿越白令海峡的汪洋，

来墓地献花的老婆婆和她的儿子。

朝欧亚大陆进发。也不知过了多久，大雾将四周笼罩，眼看着就要变天了。我们怀着断肠般的悲痛心情，决定折返。可就在这个时候，小船突然冲出浓雾，怀抱冰雪的西伯利亚群山赫然出现在水平线的那一头。那个瞬间的感动，我这辈子都忘不了。也就是在那一刻，我看到了沉入海底的白令陆桥。

在波因特霍普，已经没有知晓渡鸦传说的长老了。但人类学家奥斯塔曼在 1952 年来到这座村庄，收集了一系列民间传说，其中提到"特奇拉克是被渡鸦拉来的"。渡鸦用鱼叉射中的黑色东西肯定暗指鲸鱼。

我沿着海岸线继续行走，四周出现了一根根伸出苔原的鲸骨。它们大多在岁月中腐朽殆尽，白色的骨头被各种地衣类植物覆盖。多美的墓地啊。

绕过几座坟墓之后，我终于看到了自己要找的那一座。我认识长眠在这片土地下的长老。罗利·金吉克……他是亚尔的父亲，是最后一代真正意义上的"爱斯基摩人"，也是最后一批鲸鱼猎手。我忽然想起了十多年前与他的一段对话。

"罗利，你这辈子抓到过多少头鲸鱼啊？"

"20 头？还是 30 头来着……这种事啊，我早就不记得啦。"

罗利知不知道渡鸦的传说呢?

特奇拉克(食指)……自古以来,人们始终用这个名字称呼这片土地。沿着半岛伸入白令海的方向继续前进短短的 250 千米,北亚便会出现在眼前。半岛就跟手指一样,指向蒙古人遥远的故乡……

来自冰海的雾气温柔地拂过立于苔原、直冲天际的鲸骨。广阔的欧亚大陆就在风的源头背后。我感受着传说的风,一个念头在心中变得愈发强烈——去西伯利亚吧,去那里寻找渡鸦的传说吧。

西伯利亚日志

1996年6月30日～7月27日

　　对西伯利亚魂牵梦绕的作者在1996年6月下旬至7月上旬踏上与阿拉斯加隔海相望的楚科奇半岛（俄罗斯联邦），探访游牧民族的生活。7月下旬，他启程前往堪察加半岛。在8月8日凌晨4点，棕熊袭击了库页湖（Kurile Lake）畔的帐篷，睡梦中的作者不幸身亡，只留下了他心心念念的阿拉斯加、西伯利亚和渡鸦……让我们通过他留下的西伯利亚照片与日志，追寻他穿越大地的足迹，还原他寄托在未完之作《森林、冰河与鲸》中的思考。

[　] 内文字为编者后期补充。文中用英语记录的传说已根据语法稍作整理。

楚科奇半岛的原住民叫"楚科奇人"
照片中的作者穿着楚科奇人的民族服装

6 / 30 Nome（诺姆）

—— Provideniya（普罗维杰尼亚）7 / 1

雾好大，flight（航班）险些被取消，好在普罗维杰尼亚的天气貌似在好转，总算在 12：00 多从 Nome 出发了。机上总共就三名乘客。西伯利亚，我来了。

一路上，我目不转睛地看着窗外的白令海。才飞了一小时不到，西伯利亚的群山便闯进了视野。

临近普罗维杰尼亚时，呈现在我眼前的是带着斑驳残雪的山峦风光，太美了。随身行李中只有一卷胶片。一路上，我仔仔细细地拍，拍到着陆前的最后一刻，一张都不舍得浪费。

从空中俯瞰的普罗维杰尼亚，给我留下了"荒凉"的印象。

紧张万分地走进海关，却没有碰到任何问题，顺利入境了。真是松了一大口气。

下飞机的时候，我看见一个男人拿着摄像机站在铁丝网后，朝我挥手。是奥法纳吉！

奥法纳吉果然是个豪爽的男子汉。正如沃利所说，他跟我应该很合得来。等卡车的时候，我们进了机场的 Cafeteria（咖啡厅），可店里什么都没有。奥法纳吉给我拿了几根香肠。

我跟他提起了《德尔苏·乌扎拉》[10]，他说他5岁？那会儿，奶奶就送了原著给他，从小到大他不知看过多少遍。

奥法纳吉曾经划皮筏穿越白令海，又是 Climber［登山家］，简直是无所不能的超人，而且还特别爽快。

普罗维杰尼亚仿佛 ghost town（鬼城）。

前一天晚上我几乎没睡，所以一到奥法纳吉家，就一头栽倒睡着了。

他给我介绍了他的 partner（伴侣）伊戈。

俄罗斯的硬面包……相当美味啊。

7／2 rain［雨］

碰巧和来到 Providrniya 的旅游 group（团）一起观赏了本地的 dance（舞蹈）和类似 reception（欢迎宴）［表示欢迎的节目］的东西。

去年发生了一起 skin boat［兽皮筏子］事故，船上的人都死了。见到了其中一位的遗孀。

傍晚，和奥法纳吉去泳池游泳。和美国、日本相比，那泳池破得不能再破了。

我们终于在傍晚出发前往恰普里诺（Chaplino）。走的路不仅不是 paved road［铺过的路］，还坑坑洼洼的，几乎称不上是"路"。没在恰普里诺过夜，多赶了点路，睡在 fish camp［捕鱼小屋］。天气很糟，完全无法预测今后的情况，所以还是有点担心的。

7／3 cloudy［多云］

天气还是不好，但至少不像要下雨的样子。我们再次把行李装上卡车，沿着苔原那高低不平的路翻山越岭。路有时候在海里，好一条让人难以置信的线路。

好不容易到了海边，可以换成小船了。岸边有几个西伯利亚爱斯基摩人。装货时，他们也来帮忙了。

总算出发了。在对岸小岛上的小瀑布装了些水。旅行终于开始了。问题是，这会是一趟怎样的旅程呢？我完全想象不出来。

不过海上风平浪静。过了一会儿，奥法纳吉把小船靠在岸边，说这里在很久以前也是有人住的。这话激起了我的无限遐想。

花开得很漂亮。这里也成了本次旅行的第一个拍摄点。奥法纳吉从苔原摘来了能当 tea［茶］泡的植物。

看到他准备爬上 bird cliff［鸟类筑巢的山崖］掏鸟窝的时候，我真是捏了把冷汗。

我们又划了一段路。突然，奥法纳吉喊道："快看山崖上面！"只见岩屑堆上端竖着好多好多瘦长的石头。据说它们有可能是纪念碑［追悼石］，专为那些出海未归的人存在。

小船抵达了第一片 whale bone［鲸骨］海滩。我能在脑中清清楚楚地还原出人们当年在这里生活的光景。走在岸边，只觉得自己好像在做梦一样。温切斯特［步枪］、cache［食品库］……我与奥法纳吉忙着探索四周的山丘，直到深夜。

抵达目的地 whale bone alley［意为"鲸骨小径"］。岸边插着几根 whale rib［鲸鱼的肋骨］，但更让我印象深刻的是等距摆放在海边的 whale skull［鲸鱼颅骨］。拍到半夜。

7／4 clear［晴天］

天气实在太好了，所以稍微走远一点儿，去了 magic island［魔幻岛］。还好海上没什么风浪。环绕四周的群山太棒了。

等距摆放的鲸鱼颅骨，仿佛
它们正在眺望白令海。

magic island 的 puffin［角海鹦］很难拍。因为无处藏身。

临近傍晚，回到大本营的 whale bone alley。雾气从海上涌来。

美妙的 sunset［日落］。拍到 3 : 00 左右。

7 / 5 clear［晴］whale bone → bird island

收拾好大本营，在出发前登上 whale bone alley 前面的山。奥法纳吉告诉我，山顶有 grave［墓］。本以为山顶会很远，没想到 40 分钟左右就爬到了。朽烂的木盒散落在四五个地方。一个一个看过来。有的盒子里装着人骨（skull［颅骨］）。献上祈祷后拍照。

山顶的岩石之间竖着三块石板。它们有什么含义呢？

这里望出去的风景真是绝美。白令海尽收眼底。

爬上险峻的山崖，在 bird island［鸟岛］度过一整天。gull［海鸥］、cormorant［海鸬鹚］、puffin［角海鹦］……就跟普里比洛夫［Pribilof 阿留申列岛的普里比洛夫群岛］似的。在傍晚的最后时刻，太阳探出头来。在那几分钟里，整座小岛被染上了不可思议的颜色。

奥法纳吉说，他曾在靠近这座岛时感觉到鸟的热气汇成的暖风扑面而来。

在岛上看到了狐狸。对它们来说，这里大概就是天堂吧。

黄昏后，（日落）划船经过平静的海面，前往 walrus rookery［海象繁殖地］。美妙的 sunset（日落）。途中有 gray whale［灰鲸］母子相伴。无比宁静的傍晚。白夜的云。gray whale 呼出的 breath（气息）。如梦似幻的时光。

在黎明前上岸，去看这里的 whale bone［鲸骨］。好壮观。弦月与 whale bone 形成了一种神秘的 atmosphere［氛围］。不知拍掉多少胶卷，一张又一张。

还拍到了海象。要在《家庭画报》用的动物照片有了着落，松了口气。还想在别处好好再拍两张海象的照片。

然后是 bear skull［熊的颅骨］的线条。这到底算什么呢？

7 / 6

在去村子的路上，碰巧看见楚科奇［楚科奇地区的民族名〕猎手在海边肢解海象。奥法纳吉好像跟他们很熟。活快干完了，但我还是稍微拍了点。每一个动作都是那么仔细认真，一看就知道他们坚守着传统的 hunting（狩猎方法）。其中一位年轻人穿着 reindeer〔驯鹿〕的连帽衫，着实让我瞠目。总算离楚科奇越来越近了。

才一两个小时的工夫，大伙儿就打成一片了。我一边和他们吃 lunch（午餐），一边继续拍摄工作。

搞定海象以后，我跟他们一起回村里。行驶在白令海上的楚科奇小船美如画。

由于昨晚没睡够，人很累，在小船里睡着了。

睁眼一看，眼前就是——（那个）村。

走进村口，便看到村民们一边喊奥法纳吉的名字，一边挥手。可以看出 native（原住民）的社会已经完完全全接纳他了。后来才知道，奥法纳吉曾经在斯勒尼克有过一个爱斯基摩妻子。

村庄的另一头在河对岸。我们在岸边搭起帐篷。晚上去拜访了米莎（奥法纳吉的朋友）。米莎夫妇就跟 Point Hope（波因特霍普）的杰克布和德拉一样，同样住在天涯海角，也同样出色。

疑为在魔幻岛拍到的角海鹦。

海鸥群舞的鸟岛。也有
可能是魔幻岛？

走在村里，看见一位老婆婆迎面走来，大受震撼，仿佛触电一般。因为她的身姿与面容和 19 世纪的人无异。我们做了自我介绍，上门做客。她的儿子躺在床上，气场也有些异样。我们问起了渡鸦的故事［Raven story］。老婆婆名叫特尔宾娜。后来，我们去村外的山丘上，给她拍了以大海为背景的照片。途中遇到了她的哥哥？弟弟，也一起拍了。怀着整颗心都在颤抖一般的心情，不停地按快门。

接着再给维克瓦娜拍。我问："传说里大概有多少 raven story？"她回答："几乎都是 raven story 呀。"听到这个答案时，这次西伯利亚之行终于有了意义。

Vukvanga 维克瓦娜

不知道年纪。不记得 World War Ⅱ［第二次世界大战］，about 60 years old［60 岁左右］

○ most of the story are raven story, but forgot most of them［传说几乎都是渡鸦的故事，但基本都忘光了］

○ 爱斯基摩土豆的故事。give back bread［还面包代替］

○ story is in the book［该故事收录在书里］

Telpine 特尔宾娜

○ 1915 年生

○ Junior 儿子

○ Raven & Arctic Fox ［渡鸦与北极狐］

Raven was going somewhere to fish, bringing many fish every time. Arctic fox wondered why he got so many. Raven said "follow my track, you will see the place." But arctic fox did not go. Next day Raven went again, ice fishing, but Raven was catching children in the ice hole. Cut stomach, many fish inside, he brought fish home. Arctic fox asked again. "Didn't I tell you?" Then arctic fox went. But he did not notice the ice hole. Since the time arctic fox is always running looking for food.

［渡鸦去某处捕鱼，总能满载而归。北极狐很纳闷，不知道他为什么能抓到那么多鱼。渡鸦说："只要跟着我的脚印走，你就会看到那个地方的。"可北极狐就是不去。第二天，渡鸦又去冰窟窿钓鱼了。不过他钓的不是鱼，而是孩子们。把孩子们的肚子破开，就有好多鱼了，渡鸦带着这些鱼回去了（这

部分有点看不懂）。北极狐又问了同一个问题。"我不是都告诉你了吗？"（渡鸦的回答）于是北极狐就循着（渡鸦的）脚印找过去了，却没有发现那个冰窟窿。打那时起，北极狐总得跑着找吃的。〕

○ Two men heard about a woman Shaman. They wanted to marry with her. They went to the place she lived. They hid and watched her. She took a ball and threw it into the air. When the ball hit the ground, different animals come out——mouse, lemming, rabbit, wolf——all the animals in Chuktoka. She could choose which one to eat for the day. She wanted to have both men. She left food outside of 伊朗加 . Men were hungry. They wanted to have meat. Shaman men made a magic and sent a spider to the meat storage. Spider brought back all the meat. The woman looked outside. There was no meat. She took the ball again, threw it up into the air. They hid in the mouth of a duck. The woman liked to find them. She was following the ball. It went to the mouth of the duck. The duck closed the mouth and flew away.

［两个男人听说了一个女萨满（巫师）的事情，都想跟她结婚。于是他们去了她的住处，偷偷观察她。她拿起一个球，抛向空中。当球落地的时候，各种各样的动物出现了。老鼠、旅鼠、兔子、狼……楚科奇地区有的所有动物都出现了。她可以挑一种吃。她想得到那两个男人，就把食物放在了伊朗加（楚科奇地区与堪察加地区的传统帐篷式住所，用顺流漂来的木材、鲸骨等材料搭建骨架，覆以海豹、驯鹿等动物的皮）外面。两个男人都饿了，想吃肉。男巫师们（果然是巫师）施法变出一只蜘蛛，送去放肉的地方。女萨满往外一看，发现肉都没了，于是再次抛球。男人们躲进鸭子嘴里。为了找到他们，女萨满跟着球走。球飞进了鸭子的嘴里。鸭子闭上嘴，飞走了。］

greedy［贪婪］→ she got trapped［她中了圈套］
wish too much［太贪了］

儿子　小时候一听到 Raven（渡鸦）story（神话）就很安心。

长大以后，不懂传说的意思。

　　Throat song［用喉咙发声的歌］

　　→ Raven song［渡鸦之歌］

　　　没有歌词。

　　　ancestor 的 spirit［祖先的灵魂］

　　　她噙着泪水

说孩子经常听 Raven（渡鸦）的 story（神话）。

Leonid 利亚尼兹

○ Raven is sacred animal［渡鸦是神圣的动物］

○ Do not kill raven［渡鸦杀不得］

○ Raven on the top of 伊朗加 is bad sigh［渡鸦停在伊朗加顶上是凶兆］

○ Some people pray for Raven［也有向渡鸦祈祷的人］

○ Wolf & Raven［狼与渡鸦］

　　Raven was gliding on the frozen water（or falls）. Wolf came and said, "I want to do some gliding." Raven said, "You are too heavy. You will break the ice." Wolf told Raven, "I have a pretty sister. You can marry with her. " Wolf glided and broke the ice, and

在能够俯瞰白令海的山头，
竖着三块神秘的石板。

在海象的繁殖地拍到了一大群。

he asked Raven for help. Raven pulled him up by the hair and dried him. Wolf jumped and said, "I will not give you my sister." Raven understood that Wolf had deceived him. Raven asked where Wolf would go. Wolf said, "I will go to the darkness." Raven said, "I will go to the light."

［渡鸦在冰冻的水（也许是瀑布）上滑冰。狼来了，说："也让我滑滑。"渡鸦说："你太重了，会把冰弄碎的。"狼对渡鸦提议："我有个漂亮的妹妹，可以嫁给你。"狼一滑，冰果然碎了。他向渡鸦求救。渡鸦抓住狼的毛，把他拉上来，弄干了他的身体。狼跳起来说："我不会把妹妹嫁给你的！"渡鸦意识到自己被狼骗了。他问狼要去哪里。狼说："我要去黑暗。"渡鸦说："那我就去光明。"］

7 / 8　clear ［晴］

拜访了村里一位 80 多岁？的老人，并拍照。老人用楚科奇语说了很多，大概是他自己的故事吧。一打开话匣子，故事便源源不断地涌了出来。要是我能听懂，那该有多好啊。

据说在离这儿大约15千米的地方有一大群reindeer（驯鹿）。

我去了村里的商店。那光景简直跟往昔的阿拉斯加爱斯基摩村庄一样。最让我惊讶的是，收银台上放着算盘。

下午为彼得夫妇拍照。大家的表情都太棒了。而且特别爽气，都愿意让我拍。我不禁产生了时光倒流的错觉，仿佛自己身在50多年前的阿拉斯加爱斯基摩村庄。

傍晚，拍了一个稍微有点儿喝醉的Chukchi（楚科奇）青年（40？）。

我原本都放弃了，谁知太阳快下山的时候，米莎阿（保留原文）全家dress up（盛装）登场。拍到了美妙的全家福。用作影集的封面也没问题。尤其是少女那动人的表情，让人难以忘怀。

太激动了，为了让自己平静下来，独自在大半夜蹀步。

米莎母亲的故事

她一边给我看自己年轻时照片，一边说："怎么样？还不赖吧？"惹得我哈哈大笑。据说米莎的父亲是world war Ⅱ之后在村外设了营地的亚美尼亚士兵。她和真正的丈夫之间没有孩子。亚美尼亚士兵每天晚上都会把被子弄得鼓鼓的，装出有人睡在里面的样子，偷偷跑来村里见米莎的母亲。说起这些往事时，老人的表情既有些怀念，又有些难为情。亚美尼亚士兵回国前给了她一张纸条，上面写着他的地址，但她把纸条弄丢了。略有些苦涩的 story。每个人都有自己的人生故事。

7 / 9　村庄→ magic island

我趁着奥法纳吉去找 reindeer herder［驯鹿游牧民］的时候，独自前往 magic island。突然，minky whale［小须鲸］出现在黄昏暮色中。这样的时刻，孤身一人，在天地尽头般的海上邂逅 minky whale 的时刻，会永远铭刻在记忆中。

7 / 10　clear［晴］

我跟在科利亚后头，搜寻 reindeer herder 的 camp（营地）。翻山越岭，走了将近 9 个小时。在黄昏的苔原埋头行走时，我忽然产生了一种不可思议的感觉——

也许很久很久以前，蒙古人也是这样长途跋涉的。途中点了好几次篝火，稍微睡了一会儿。黎明时分，终于抵达了 reindeer camp。路上花了整整 15 个小时。徒步涉水好冷。第二次是科利亚背我过去的。

○徒步体验。感受蒙古人的旅程

○白令陆桥的风

○ ending　走在海边——海水慢慢退去
　　　　　　　　老婆婆的歌

○仿佛在做梦

○ Wolf & Raven

○无法想象的人们。与看不清幸福的形状 etc. 的人们
　　相遇时的新鲜感

○总能感觉到阿拉斯加就在海的另一头

7 / 11

我在面包车里睡了一大觉。奥法纳吉开着巴拉班的卡车，去伊戈所在的 base camp（大本营）取装备。他们的食品快吃完了，我们带来的刚好能补上。

和吉娜一起爬上对岸山上的岩屑堆。石头上的

根据日志与前后的照片推测，
这位应该是特尔宾娜。

盛装登场的米莎一家。

lichen［地衣类植物］很美。我们俩把抓到的蚊子丢进蜘蛛网玩。虽然语言不通，却能互相开玩笑，笑得直打滚。

终于见到了一群 reindeer（驯鹿）。听说它们早上走到了大本营那里。

阿尼亚拿出缝纫机，在苔原上做针线活。

男人们穿的 reindeer 衣服很美。

托利亚 科利亚 巴拉班 斯拉巴 吉娜 阿尼亚 利姐

7 / 12 clear［晴］

早晨离开 reindeer camp。狗和孩子们是第一次坐面包车，他们埋在各种各样的东西里，简直成了吉卜赛人。

在新的大本营专心拍摄托利亚。保养鞭子？的过程很有趣。不过话说回来，托利亚真是怎么拍都好看啊。

做针线活的阿尼亚也是。弗雷德·布鲁马有一本关于加拿大爱斯基摩人的书，我在里面见到过类似的照片。没想到我现在也能拍到这样的照片了。

一整天都和托利亚一起，边追 reindeer 边拍照。

孩子们大多会走得很近，走到几乎能摸到 reindeer 的地方。仔细观察将鹿群集中到一处的 skill［技术］。据说托利亚在十三四岁的时候就当上了 reindeer herder。

孩子们发现了 gull［海鸥］的雏鸟，拍一下。

夜里，来了一位 messenger［信使］（托利亚的儿子）。他从村子出发，走了 9 个小时，来营地通知我们，彼得的妻子奥尔加突然去世了。难以置信。见到她那天，她明明还很精神啊。我收到的那件连帽衫，竟成了她这辈子缝制的最后一件。跟 drinking［喝酒］有没有关系啊。如果有关系，那岂不是我付的 $ 300.00 害死了她吗。

7 / 13 nice weather［好天气］

早晨从 reindeer camp 出发。面包车晃得一塌糊涂。给托利亚、科利亚、斯拉巴拍照。太棒了。晚上还拍了托利亚的儿子。

和吉娜走在苔原上，搜寻 reindeer 群。双脚已经慢慢习惯了。拍摄苔原的 lichen。仔细观察，就能清楚地看出苔原的花纹。

傍晚，reindeer 群（大约 1000 头）回到了大本营。

托利亚为我们宰杀了其中一头。阿尼亚切肉的画面很棒。女儿利姐嘬骨头的光景与当年的 Alaskan Eskimo（阿拉斯加爱斯基摩人）无异。

大伙儿一起吃刚宰好的 reindeer。舌头真是太美味了。

我教了孩子们几招 Chanbara［剑道］，他们就用那些动作打闹起来，把 reindeer 群吓走了。

最后，大家一起拍了纪念照。阿尼亚说，一跟我对上眼，就觉得我像是楚科奇或者更靠北的爱斯基摩人。

斯拉巴削了一根骨头，送给我当礼物。虽然没跟他说上话，但这份心意让我很开心。

送了吉娜一双新鞋 → reindeer 走开时，我本想跟她道别的，谁知托利亚催她赶紧走，于是她就跑开了，太遗憾了。好在回程路过这里，又见到了她。

我在吃最后一餐的时候向大家道谢。我说，"I respect your way of life［我尊敬你们的活法］，"他们回答："我们只知道这样的生活。"

7 / 14

凌晨 3 点多，从伊戈的大本营出发，坐 boat（小船）前往 hot spring［温泉］。途中路过 magic island，但鸟蛋还没有孵化。

在小船上打了瞌睡，抵达 hot spring 的 beach（海滩）之后，也睡了好久。

在 hot spring 见到了新恰普里诺来的一群人（迪玛），决定搭他们的卡车。

back to［回到］新恰普里诺。好久没在床上睡觉了。旅行就快结束了……在这座村子给老人们最后拍几张照片吧。

7 / 15

科特凯伊 ← last name［姓］born 1924［1924 年出生］

出生地 → 苔原

only father［只有父亲］

She does not have her own name［她没有自己的名字］

在店里发现一位 elder［老者］，送了他口嚼烟，结果他一把抱住了我。他家里简陋得让我震惊。存折上最高的金额是 30 美元。拍到了很好的室内照。

达齐图库卡库 born 1922［1922 年出生］

出生地　老恰普里诺

visit St. Lowrence. his Eskimoname is Raven.［去过圣劳伦斯岛（阿拉斯加州）。他的爱斯基摩名字叫渡鸦］

drunk（保留原文）guy destroy his eyes Ⅱ years ago.［一个醉汉在两年前毁了他的眼睛］

leader of the hunter［猎人的领袖］

old（老）chaplin（恰普里诺）many 伊朗加［很多帐篷］

skin boat［很多皮筏］

右眼原来很好。for hunting［用于打猎］

whale alley 的 meaning［含义］he doesn't know［他不知道］

帕纳库塔克［地名］6 伊朗加 he was there［他在那儿待过］

　　把 Wolf［狼］、Raven story 从头到尾讲了一遍。

　　拍了步枪、whale bone 的 cache［仓库］ 他在那里度过了 childfood［童年］。[11]

Nobody told him reason for that standing long stone.［没人告诉他那几块长长的、竖起来的石头有什么由来。］

He is glad that we camp［他很高兴我们有露营］

Time run faster［时间比平时过得更快］

走了一整天，叮着脚下的苔原看。

晚霞把天空染得血红，衬托出鲸骨的剪影。

He was bored［他原本很无聊］

他的最后一句话在我脑中回响。多亏我们来了，时间过得更快了。太好了。莫非这意味着他现在的时间流动得非常缓慢，慢到了他无法忍耐的地步？就像在等死一样？他在五年前失去了妻子。

奥法纳吉的朋友，kindergarten［幼儿园］的 teacher［老师］介绍了另一位老婆婆给我。

不记得名字了。回头问一下。

She married with the man who is from whale alley.［她和出生鲸鱼小径的男人结婚了］

傍晚，和奥法纳吉走在 old chaplin 的海岸。往海滩上一躺，唯有涛声阵阵。仿佛这些波浪会慢慢退去，现出白令陆桥。

7 / 16 back to Provideniya［回到普罗维杰尼亚］

阿努卡娜温格 born 1921 at whale alley［1921 年生于鲸鱼小径］

驯鹿大军穿越苔原。

作者与驯鹿营地的孩子们。

She did not listen story to parents（保留原文）［她不听父母的话］spoiled, could not sit one spot［被宠坏了，坐不住］

1933 → she went to school［她去上学］

Last job is at kindergarten

throwing coal to stove

［最后一份工作是在幼儿园给暖炉加炭］

Raven Story［渡鸦的故事］

Raven had a big family—wife, daughter, grandchildren. They lived in 伊朗加. One day raven's wife told the grandchildren story while they were looking for lice in their hair. They untied 麻花辫.They made a line（刺青）on his（sleeping）face and made 麻花辫."Are you thirsty? Go to the river to drink." Raven saw a woman's face in the water. Raven asked her to get married, but no answer. He thought she wanted 伊朗加. He took 伊朗加, throw it in the river. 伊朗加 went to the sea. He jumped into the water and died.

［渡鸦有一个大家庭。他有妻子、女儿和孙儿们。他们住在伊朗加（皮帐篷）里。一天，渡鸦的妻子一边给孙儿们讲故事，一边在他们的头发里找虱子。他们

拆开了麻花辫。（就在这时，他们想到了一个捉弄人的点子）在（睡着了的）渡鸦的脸上刺了刺青，还给他扎了辫子。（渡鸦醒来以后，他们还怂恿他）"你渴不渴？要不要去河边喝点儿水啊？"渡鸦走去河边，低头一看，水里竟有一张女人的脸。渡鸦向她求婚，但她没有回答。他还以为女人是想要伊朗加，就把伊朗加拿过来，丢进河里。伊朗加被冲进了海里。渡鸦跳进河里死了。]

7 / 17 旅行结束 back to Alaska ［回阿拉斯加］

［以下有一小段堪察加的记录］

库图希［渡鸦创世神库托夫］＝ 巴缇

    ‖

god［神］＝raven［渡鸦］

Itleman［住在堪察加半岛的伊捷尔缅族］的传说

库页湖附近的石滩——有趣的形状

raven 一边在堪察加旅行，一边创造各种各样的生物与湖泊……在那里休息过……nobody approach this cliff. sacred place［谁都不会靠近这个山崖。神圣的地方］

灰熊现身库页湖畔，为的是洄游的大马哈鱼。

在库页湖附近的草原，拍摄被绿草覆盖的居住遗迹。

7 / 27 cloudy windy [多云有风]

在 northern creek [北溪] 等了半天，可是只看到了一头熊。very skiddish [步子很不稳]。一看到我们就立刻逃跑了。

晚上，一头熊出现在 base camp（大本营），头疼。就是不逃跑。

从 spawning salmon [即将产卵的大马哈鱼] 里掏出好多鱼子。非常美味。

英语翻译 & 注释 / 星川淳（作家、翻译家）

星野道夫年谱简表

星野直子编

　　年谱简表以星野道夫毕生经历的主要事件为中心，一并收录给星野留下深刻印象的摄影之旅，以及在追寻他的足迹时不可省略的主要著作、摄影展等。

1952（昭和27）年	9月27日出生于千叶县市川市。
1968（昭和43）年	入读庆应义塾高中日吉校。
1969（昭和44）年	搭乘移民船"阿根廷号"从横滨港出发，抵达洛杉矶。
	搭乘大巴与顺风车，在美国、墨西哥与加拿大独自旅行约40天。
1971（昭和46）年	升入庆应义塾大学经济系。加入探险社团。
1973（昭和48）年	于希什马廖夫村与爱斯基摩家庭共同生活约3个月。
1974（昭和49）年	加入以攀岩活动为主的社会人山岳会。
1976（昭和51）年	从庆应义塾大学经济系毕业。担任摄影师田中光常先生的助手约2年。

1978（昭和53）年	1月从日本出发，参加阿拉斯加大学的入学考试。5月末确定入学。
	跟随鸟类学家戴夫·斯旺森前往汤普森海角调查海鸟。
	9月进入阿拉斯加大学野生动物管理系。
1979（昭和54）年	划皮筏在冰川湾旅行约1个月。
1982（昭和57）年	在隆冬的阿拉斯加山脉塔尔基特纳（Talkeetna）冰川拍摄极光1个月。
	与波因特霍普村人一同出海捕鲸。
1985（昭和60）年	获得丰田财团的赞助。研究课题为"因北极圈油田开发变化的驯鹿季节性迁徙以及与猎鹿生活有关的阿拉斯加原住民记录"。
	出版《北美灰熊 阿拉斯加的王者》（平凡社）。
1986（昭和61）年	凭借《北美灰熊》荣获第3届平凡社动物摄影奖。
	出版《阿拉斯加 光与风》（六兴出版）。
	跟随阿萨巴斯卡印第安人捕猎驼鹿。
	于《月刊 万千不思议》发表《阿拉斯加探险记》（1990年由福音馆书店推出单行本）。
1987（昭和62）年	于《国家地理》杂志8月号发表《Alaskan Moose》。
	再次获得丰田财团的赞助。
	于北极圈野生动物保护区拍摄大群驯鹿。
	出版《GRIZZLY》（英语版，Chronicle）。
1988（昭和63）年	出版《驼鹿》（平凡社）。

318

	于《国家地理》杂志12月号发表《CARIBOU》。
	出版《MOOSE》（英语版，Chronicle）。
1989（平成元）年	于奥林巴斯画廊（旧）举办摄影展《Alaska 北纬63度》。
	与阿拉斯加野生动物局的拉里·奥姆勒于麦克尼尔河（McNeil River）拍摄北美灰熊。
	于阿拉斯加东南部弗雷德里克海峡周边的兄弟岛拍摄鲸鱼与森林。
1990（平成2）年	凭借影集《Alaska 如风般的传说》（于《周刊朝日》连载）荣获第15届木村伊兵卫摄影奖。
	于奥林巴斯画廊（旧）举办摄影展《Alaska 极北·生命的地图》。
	之后前往函馆与札幌巡展。出版《Alaska 极北·生命的地图》（朝日新闻社）。
	于费尔班克斯建房。
1991（平成3）年	于奥林巴斯画廊（旧）举办摄影展《Alaska 如风般的传说》。
	之后前往札幌巡展。出版《Alaska 如风般的传说》（小学馆）。
	于北极圈塔纳河（Tana River）河口拍摄驯鹿。
1992（平成4）年	出版《Das Bären-Kinder-Buch》（德语版，Michael Neugebauer Verlag）。
1993（平成5）年	与萩谷直子结婚。

星野道夫年谱简表

实现夙愿，在夏洛特皇后群岛拍摄图腾柱。

于美国匹兹堡的卡内基自然历史博物馆举办摄影展《Alaskan Tapestry：Photographs of Alaska》。

出版《INUUNIQ（生命）》（新潮社）。

于《月刊 万千不思议》发表《去森林》（1996年由福音馆书店推出单行本）。

1994（平成6）年	出版《ARCTIC ODYSSEY》（新潮社）。
1995（平成7）年	增加1章后再次出版《阿拉斯加 光与风》（福音馆书店）。
	与鲍勃·山姆一同前往夏洛特皇后群岛。
	出版《旅行之木》（文艺春秋）。
1996（平成8）年	出版《北极熊的礼物》（小学馆）。10月出版《NANOOK'S GIFT》（英语版，CADENCE BOOKS）。
	6月末—7月，前往俄罗斯联邦楚科奇半岛，探访游牧民族的生活。
	8月8日，于堪察加半岛的库页湖畔遭棕熊袭击，不幸罹难。享年43岁。
	*
	出版《森林、冰河与鲸—追寻渡鸦的传说》（世界文化社）。

1997（平成9）年	出版《北极光》（新潮社）。
1998（平成10）年	出版《GOMBE》（Media Factory）。
	于《月刊 万千不思议》发表《熊啊》（1999年由福音馆书店推出单行本）。
	于东京的松屋银座举办摄影展《致21世纪Alaska 如风般的传说'星野道夫的世界'》。之后在横滨、大阪等日本全国18处会场巡展。
	开始出版《星野道夫的工作（全4册）》（朝日新闻社）。
1999（平成11）年	出版《在漫长的旅途中》（文艺春秋）。
	1998年举办的摄影展《星野道夫的世界》被授予1999年度日本摄影协会特别奖。
2001（平成13）年	开始出版《Michio's Northern Dreams（全5册）》（PHP EDITORS GROUP）。
2002（平成14）年	出版《星野道夫的世界》上下册（日本通信教育联盟）。
	开始出版《Alaskan Dream（全3册）》（阪急communications）。
2003（平成15）年	于东京的松屋银座举办摄影展《星野道夫的宇宙》。之后在横滨、大阪等日本全国15处会场巡展。
	开始出版《星野道夫著作集（全5册）》（新潮社）。
	出版《魔法的语言——星野道夫演讲集》

	（Switch Publishing）。
	出版《阿拉斯加 永恒的生命》（小学馆）。
2004（平成 16）年	出版《我邂逅的阿拉斯加》（小学馆）。
2005（平成 17）年	出版《通往未来的地图》（朝日出版社）。
2006（平成 18）年	于东京的松屋银座举办摄影展《星一般的传说》。之后在横滨、大阪等日本全国 11 处会场巡展。
2010（平成 22）年	开始出版《阿拉斯加之诗（全 3 册）》（新日本出版社）。
2012（平成 24）年	于东京的富士胶卷广场（六本木）举办摄影展《星野道夫 永恒的时光之旅》。
	出版《永恒的时光之旅》（CREVIS）。
2013（平成 25）年	于东京的诺薇雅银座画廊举办摄影展《熊啊》。
2016（平成 28）年	于东京的松屋银座举办摄影展《逝世 20 年特别展 星野道夫之旅》。之后在大阪、京都、横滨等地巡展中。
	出版《星野道夫之旅》（朝日新闻社）。

注释

1　直到俄罗斯将阿拉斯加卖给美国。

2　即"日本暖流"，北太平洋西部流势最强的暖流。

3　约瑟夫·坎贝尔（Joseph Campbell，1904—1987），美国作家，专攻比较神话学。

4　冰川黑熊，美洲黑熊的亚种之一，最大的特点是两侧的毛带有银灰色光泽，又称"Blue bear"。

5　比尔·里德（Bill Reid，1920—1998），加拿大艺术家。

6　恶魔手杖（Devil's Club），学名为 Oplopanax horridus，美洲刺参。

7　特里吉特印第安人分乌鸦与白头海雕／狼两支，后者有两个名字，因其世系群体分居南北而不同。

8　即今天的函馆与大阪，日本明治维新后改名。

9　约翰·里德·斯万顿（John R. Swanton，1873—1958），美国人类学家，印第安人研究者。

10　《德尔苏·乌扎拉》（Dersu Uzala），由黑泽明执导的剧情片。影片改编自俄国地理学家阿尔谢尼耶夫的游记《在乌苏里的莽林中》，讲述了沙俄军官阿尔谢尼耶夫和赫哲族猎人德尔苏·乌扎拉之间的超越阶层与等级的友谊。

11　应为 childhood。

MORI TO HYOGA TO KUJIRA Watarigarasu no densetsu wo motomete
by HOSHINO Michio

Copyright © 1996 HOSHINO NaoKo

All rights reserved.

Original Japanese edition published by SEKAIBUNKA PUBLISHING INC.
in 1996.

Republished as paperback version by Bungeishunju Ltd., Japan in 2017.

Chinese (in simplified character only) translation rights in PRC reserved
by Beijing Imaginist Time Culture Co., Ltd., under the license granted by
HOSHINO Naoko, Japan arranged with Bungeishunju Ltd., Japan through
TUTTLE-MORI AGENCY, Inc., Japan.

著作权合同登记图字：20-2020-164

图书在版编目(CIP)数据

森林、冰河与鲸 / (日) 星野道夫著；曹逸冰译.
－－ 桂林：广西师范大学出版社, 2020.12 (2022.3重印)
ISBN 978-7-5598-0732-8

Ⅰ.①森… Ⅱ.①星… ②曹… Ⅲ.①随笔 – 作品集
– 日本 – 现代②摄影集 – 日本 – 现代 Ⅳ.①I313.65
②J431

中国版本图书馆CIP数据核字(2020)第263246号

广西师范大学出版社出版发行

广西桂林市五里店路 9 号 邮政编码：541004
网址：www.bbtpress.com

出 版 人：黄轩庄

全国新华书店经销

发行热线：010-64284815

山东韵杰文化科技有限公司 印刷

开本：1360mm×930mm 1/64

印张：5.125 字数：98千字

2020年12月第1版 2022年3月第6次印刷

定价：52.00元

如发现印装质量问题，影响阅读，请与出版社发行部门联系调换。